추천의 글

좋은 수필은 독자에게 읽는 즐거움을 선사한다.

이 책에는 순정 품은 사람들의 순정 어린 이야기들, 세월을 노래한 아름다운 수필들이 담겨 있다.

이 수필집은 많은 부분이 아버지에게 바쳐졌는데 참으로 당연한 헌정이다. 그의 아버님은 '북청 물장수'로, 공사장 인부로, 서울 생활을 시작한 분으로 아들 둘, 딸 둘을 대학까지 공부시키고 후에는 큰 기업가가 되셨다.

그분의 소원은 자나 깨나 함경도 북청北靑에 가시는 것이다. 소주를 과하게 드시는 것도 고향 생각 때문이다.

이 수필집 속에 가정주부로 나타난 그는 아내의 행복, 엄마의 행복, 딸로, 며느리로 모든 행복을 다 차지하고 있다. 그래서 이 수필들은 독자의 미소를 수시로 받아내기에 충분하다.

수필은 서정적 에세이다. 섬세하고, 재치 있고, 재미있고, 아름다워야 한다. 이 모든 것을 갖춘 그의 수필은 독자에게 읽고, 또 읽는 기쁨을 선사할 것이다. 우리는 김수현에게 무엇을 더 바라겠는가.

피 천 득

• 수필집 《세월》에 피천득 선생님이 써주신 글이다.

아름다운
당신에게

김수현 에세이

아름다운
당신에게

샘터

프롤로그

~>>+ +<<~

　수필집 《세월》을 출간한 지 스무 해가 넘었다. 어쩌면 그 책이 처음이자 마지막 책이 될 수도 있겠다고 생각했는데 앞날에 대한 생각이란 부질없을 때가 있다.

　첫 번째 수필집 《세월》은 북청 물장수였던 친정아버지에게 헌정했는데 독자분들에게 과분한 사랑을 받았다. 지극히 평범하고 특별할 것도 없는 소소한 일상의 이야기에 공감해주셔서 감사했고 많은 격려가 되었다. 이 땅에는 나의 아버지처럼 소주와 눈물로 삶을 견디는 실향민이 많았고, 무뚝뚝하고 애정표현에 서툰 캐릭터의 아버지들이 많음에 놀랐다.

　세월이 많이도 흘렀다. 사랑하는 아버지와 엄마는 일흔을 넘기고 서둘러 세상을 떠나셨다. 십 년이 흘러도 그분들

자리는 텅 빈 채로 있다. 거센 밀물 썰물도 쓸고 가지 못하는 자리. 그 견고함으로 내가 생을 마감하는 날까지 그대로 있을 것 같다.

　지난 세월은 에피소드로 구성되었다.

　엄밀히 말하면 에피소드의 팩트가 아니라 그에 대한 생각과 감정이 씨줄 날줄로 엮였다. 판단, 기쁨, 슬픔, 두려움, 불안, 절망으로 짜인 세상은 거기서 벗어나는 순간 허상임에도 불구하고 거부할 수 없는 힘으로 나를 가두었다. 세상이 대단해 보이지만, 고작해야 내가 생각한 것, 내가 느낀 것으로 쌓아놓은 허상임을 가슴으로 인지한다면 누가 거기에 갇히겠으며, 누가 세상에 끌려다니겠는가. 허상에 가려서 보이지 않는 진짜 나를 찾아 나설 것이고, 나라고 여겼던 나에게서 분리되려 할 것이다.

　이런 맥락에서 삶의 키워드는 '빛'이다. 흔히 '실낱같은 희망'이라고 말하지만, 그것은 우리 안에 있는 촛불, 한 가닥 빛이다. 나 또한 칠흑 같은 어둠에 갇히고서야 촛불을 인지했다. 내가 뭘 어찌한 것은 아니지만 빛을 인지한 순간부터 빛이 내 안을 구석구석 비추는 것 같았다.

더 이상 눈물 젖은 일기를 쓰지 않았다. 지난 일기장은 눈물 자국을 남긴 채 바삭하게 마르더니 한 장 한 장 바람에 날아갔다.

말할 수 없이 가벼워졌다. 숨을 깊이 들이쉬고 내쉬면 빛이 밝아졌다. 이러다가 모든 실핏줄과 림프샘과 미세 신경까지 빛이 가득 찬다면 투명 인간이 될 수도 있을 것이다.

다른 사람을 보았다. 아니, 다른 사람이 보이지 않았다. 그도 투명 인간이 된 것인가. 촛불만이 아름답다. 어디를 가든, 누구를 만나든 투명 인간은 부딪히지 않을 테니 마찰음이 사라지고, 그리도 시끄럽던 세상은 조용해질 것이다. 빛이 닿는 곳마다 노래가 되겠지. 따라 부르고 싶다. 노래 하나가 에피소드 하나가 되어 나의 시간을 채우도록.

이번 글을 쓰면서 추운 겨울, 아랫목에 묻어 준 밥그릇을 꼭 쥐어보는 따끈한 온기를 느꼈다. 이미 절판된 첫 번째 수필집 《세월》 중에서 기억하고픈 이야기를 골라 같이 엮었다.

작년, 그리고 올해도 코로나 팬데믹으로 어려운 시간이 계속되고 있다. 더 이상 견디기 힘든 절망적인 상황에 있는 분도 많다. 서로를 안쓰러워하며, 감싸주며, 사랑을 나누며 위로하는 모습에 울컥하곤 한다. 어둠 속에서 빛의 노래를 만들고 있다. 어둠이 깊을수록 빛의 노래가 크게 울린다.

울타리가 되어 주는 남편과 사랑하는 세 자녀 성혜, 지영, 현기, 그리고 사위 케빈과 손녀 하나에게 감사하다.

스무 해 전, 피천득 선생님이 맺어준 인연으로 이번에도 흔쾌히 책을 출간해 준 샘터에 감사드린다. 특히 정성을 쏟아 준 이동은 주간과의 스무 해 넘는 인연에 감사하다.

2021년 8월 김수현

김수현 에세이

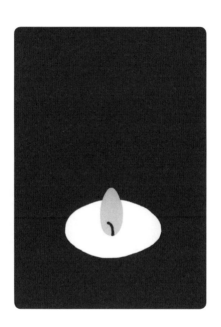

Part 3
하나

Part 1
아름다운
날들

피천득 선생님

⤙

담장 너머 빨간 장미 피어나는 오월. 피천득 선생님 생각을 한다. 선생님은 1910년 오월 태어나셨고 97세 되는 오월 세상을 떠나셨다. 문학을 꿈꾸던 소녀들에게 선생님은 독보적이었다. 수필집 《인연》과 시집 《생명》을 사랑했고 선생님을 사랑했다.

1990년 수필가 모임에서 선생님을 처음 뵈었다. 선생님의 반포의 작은 아파트에는 오래된 가구가 몇 개 있을 뿐 번듯한 소파는 없었다. 댁에 놀러 가면 영시를 해설해주셨다. 선생님이 사랑하셨던 영시집들, 빛바랜 종이가 바스러질 것 같았다.

선생님은 서울대학교에서 오랫동안 영문학을 가르치셨는

데 특히 낭만주의 시를 사랑하셨다. 바이런, 셸리, 존 키츠의 시를 음미하시던 소년 같은 모습을 기억한다. 아파트 앞 장미 공원을 거닐며 시 이야기를 들려주셨다. 가끔 외출을 하셨는데 코트, 모자, 지팡이, 언제나 영국 신사의 기품을 잃지 않으셨다.

어느 날, 습작만 하고 있던 내게 원고를 가져오라고 하셨다. 몇 번을 읽으셨고 나도 모르게 아흔의 선생님 혼자 지하철을 타시고 혜화역 앞 샘터 출판사를 찾아가셨다. 보자기에 싼 원고를 건네시며 '내가 보장한다'고 하셨단다. 샘터는 명성 있는 작가분들의 책을 출판하는 권위 있는 출판사였는데 선생님의 청을 거절 못하고 평범한 주부가 쓴 수필집 《세월》을 출간하게 되었다. 우연인지 나의 책도 오월에 출간되었다. 제목도 선생님이 지어주셨다. 당시에 나는 선생님이 평생 처음 추천사를 써주셨다고 흥분했다.

아이들과 미국에 살고 있을 때, 선생님은 하늘나라로 가셨다. 선생님이 가신 후에야 나의 글이 대단해서가 아니고 딸

같은 제자에게 사랑을 주셨구나 알게 되었다.

선생님은 아주 작고 소중한 것을 사랑하셨다. 사랑을 붓고 또 부어서 작은 불씨가 살아나 본연의 빛으로 피어날 때까지 지극정성을 쏟으셨다. 지극정성, 애지중지, 애면글면, 이런 표현이 떠오른다. 사소한 사물도, 사람도 촛불을 품고 있음을 선생님은 보셨고 그 빛을 예쁘게 여기셨던 것 같다.

사랑하는 것에 사랑을 붓고 또 부으면 그 에너지로 생기 있게 피어나는 것을 보았다. 긴 세월이 흘러도 선생님의 수필과 시가 생명을 지니는 이유를 알게 되었다.

지난 오월, 남양주시 조용하고 예쁜 공원묘지에 다녀왔다. 선생님이 사랑하셨던 빨강 장미 한 다발을 들고. 처음 선생님 댁에 방문했을 때 과일을 선물했는데, 선생님은 "음식은 내가 살 수 있지만, 숙녀에게 받는 장미는 아름다운 선물"이라고 하셨다. 장미를 묘 앞에 놓고, 찬양을 불러드렸다. 시편의 아름다운 구절을 읽어드렸다.

아름다운 시를 읊고 계실 선생님을 상상했다. 선생님을 꿈에서 몇 번 뵈었는데 깨어보면 신기하게도 오월, 선생님 기일이고 생신이었다.

첫 번째 나의 책이 출간되었을 때, 선생님이 말씀하셨다. "이제 십 년 후에 한 권 더 내거라. 그럼 충분하단다." 훌쩍 스무 해가 지났다. 두 번째 책을 묶으려니 제일 먼저 선생님 생각이 난다. 스무 해 전, 나의 원고를 품에 안고 출판사를 찾으셨던 선생님의 그 따뜻한 사랑의 에너지가 나를 채운다.

개나리 단상

✍

개나리가 피어나려고 어디선가 훈훈한 바람이 인다. 그놈들은 겨우내 정말 지저분한 몰골로 구석에 웅크리고 있다가 난리 난 듯이 피어난다. 외모에 자신감이 없는지 단체로 무리 지어 도발적으로 피어나는 것이 그놈들의 인기전략이다.

"아니 여기 개나리가 있었네."

병정처럼 일사불란하게 내뿜는 노랑은 아지랑이 피어오르는 봄날을 아찔하게 한다. 정신을 차려야 해. 봄이라고, 봄 봄.

이놈들을 유난히 싫어하는 한 남자가 있다. 내 남동생이다.

어린 시절, 아버지는 소주를 드시면 오빠를 붙잡고 혀 꼬부라진 소리로 당부하셨다.

"네가 이 집의 장남이다. 네가 잘해야 해."

그 스트레스는 고스란히 동생들에게 전달되어서 오빠의 명령에 의해 세 동생들이 서로 부딪치며 바삐 움직이곤 했다. 장난을 심하게 치거나 싸우는 일이 생기면 사 남매가 죽 서서 야단을 맞았다.

남동생이 마당에 나가서 개나리 가지를 꺾어오는 자였다. 지혜가 뛰어났던 남동생은 잔가지를 잘도 골라 왔지만, 어린 종아리에 잔가지도 너무 아파서 비명을 질렀다. 남동생은 그때부터 개나리를 싫어했고, 사십여 년이 흐른 지금도 싫어한다. 장난을 좋아했던 나는 사 남매가 죽 서서 아야, 아야 소리치는 것도 재미있어서 킥킥 웃었고, 매를 벌었다. 눈물이 찔끔 나면서도 자꾸 우스웠다.

대형 사고를 치면 등장했던 잠자리채도 기억한다. 언젠가 그 원수 같은 대나무 잠자리채가 갈가리 갈라져서 집 밖 시멘트 쓰레기통에 처박히던 날, 고난의 마침표를 찍었다.

군대도 가지 않으셨던 아버지가 왜 그리 군대식 호령을

좋아하셨는지, 손님이라도 오시면 우리 사 남매를 일렬로 세워 인사 시키셨다. 요즘으로 치면 강남의 건물주가 자기 소유의 빌딩들을 소개할 때 어울리는 표정이랄까, 허세가 가득했다.

세상은 좋아져서 개나리 가지가 회초리로 둔갑하여 예쁜 아가들을 위협하지도 않고, 대나무로 만든 잠자리채도 사라졌다. 훈육의 도구들이 역사 속으로 사라지면서 나의 어린 시절도 까마득히 사라졌다. 이제는 돌아와 거울 앞에 서서, 인자한 미소를 지으며 화병에 풍성하게 개나리꽃을 꽂는다. 나의 양육 방식은 부모님과는 달리 방목에 가까웠는데 나의 아이들이 무어라 나의 훈육 방법을 추억하며 이런 글을 쓰게 될지 궁금하다.

심부름하는 아이

乂

"얼른 두부 사 와라." "얼른 우유 사 와라." "이거 오빠 방에 후딱 가져다주고 와라." 어린 시절의 나는 심부름을 하려고 태어난 아이처럼 이 방, 저 방으로, 시장으로, 구멍가게로, 저녁마다 종을 쳐대는 두부 장수에게로 쉴 없이 뼹뼹이를 돌았다. 2남 2녀, 오빠 밑에 장녀로 태어났다. 오빠가 집안의 기둥이라고 써 붙이진 않았지만, 누구나 알았고 오빠를 섬기었다.

지금처럼 배달 서비스가 없던 시절, 부모님은 열두 살 소녀에게 큰 중고 자전거를 안겨주었고, 그 순간부터 나는 부모님의 손과 발로 거듭났다. 동생들의 출생이란 명령하달을 위한 부하 조직이 생겼음을 뜻했지만, 성가시고 힘든 심부름을 동생들에게 넘기기도 싫었다.

동생들이 등장한 후 업무는 두 배로 늘었다. 간식을 먹였고, 칭칭거리면 업어주어야 했다. 애들은 볼수록 귀여웠다. 마당의 강아지들도 짐이었다. 목욕을 시켰고, 난로 위 찌그러진 들통에 음식 찌꺼기를 넣고 푹 끓여서 먹였다. 아버지는 목소리 높여 말씀하셨다. "마당에 강아지 서너 마리쯤 뛰어놀아야지." "토끼도 키워야지." "병아리도 키워야지."

그놈들은 모두 우리 집으로 왔다. 그놈들이 온 날 함박웃음을 보이셨던 아버지는 그 후 없는 사람처럼 사라졌다가 가끔 감시자로 등장하곤 하셨다. 귀찮은 일은 우리들 몫이 되었다.

자전거를 타고 신작로를 따라 내려가면 재래시장이 있었다. 정육점에서 신문지에 둘둘 말아주는 고기 한 덩이 사고, 남는 돈으로 눈깔사탕 한 개 입에 물고 싱싱 자전거 바퀴를 돌렸다. 얼굴에 부딪히는 바람에 스트레스가 훨훨 날아가는 느낌이었다.

심부름이란 내가 하겠다 안 하겠다 선택할 수 있는 미션이 아니었기에 오직 명령을 하는 엄마, 아버지, 오빠에 의해 나의 하루일과가 정해졌다. 엄마는 아이들을 남부럽지 않게 키우려는 치맛바람도 있었는데, "왜 공부할 거 많니?" 한 번 묻지를 않으셨는지 궁금하다.

요즘은 중학 2년생이 그리 무섭다던데 나는 고3이 되어서야 몇 달 심부름이 면제되는 특혜가 있었다. 면제된 것은 아니고 눈에 띄면 당연 해야 할 일을 눈을 피해 학원으로 과외 공부로 맴돌다 보니 시킬 수가 없었던 거다.

고3 어느 날, 이미 대학 밴드부를 즐기던 오빠가 기타를 팅팅 튕기며 노래를 부르고 있었다. 그러다 어떤 낭만적인 무드에 사로잡혀 방의 가구 배치를 바꾸는 게 어떠냐며 내 의견을 물었다. 그것은 명령이 양의 가면을 쓴 것이었다. 코딱지만한 방에서 침대 방향을 바꾸는 게 뭐가 그리 급하다고 고3 수험생을 들볶는지 서러웠다.

결혼을 하고 심부름 팀을 만들 축복의 세 자녀가 태어났지만, 나는 심부름을 거의 시키지 않았다. 시키느니 내가 해버리는 급한 성격 탓도 있고, 세상이 바뀌기도 하여 아이들을 귀하게만 여기고 마구 집안일을 시키지 못했다. 그것이 나의 양육법의 크나큰 실수였음을 나중에서야 알았다.

자기 의견이라는 것이 없었던 옛날과 지금을 비교하기는 어렵지만, 예전에는 길 가는 노인들의 짐을 젊은이들이 들어드렸다. 지금도 청년들은 착하고 성실하지만, 자기 생각에 몰두하고 스마트폰을 보느라 사방을 살피고 배려하는 데는 약한 듯하다.

물론 나도 할 말은 없다. 내가 마치 자발적으로 온 집안 식구들을 도왔던 것처럼 스스로도 착각할 정도이지만, 지목을 당할 때마다 '또 난가, 오빠 좀 시키지' 하는 생각이 넘쳤다.

지나고 보니 그때가 그립기도 하다. 난로에 가래떡을 올려놓는 자로 지목되는 것은 싫었고, 노릇노릇 구워진 가래떡은 서로 먹겠다고 다투었다. 온몸을 불사른 허연 연탄재를 찬 바람 맞고 뒷마당에 내다 버릴 자가 또 나란 말인가 불안해하며 눈치껏 피해 다녔다. 명령에 의해 착착 움직였던, 나름 질서 있던 추억 속에서 툴툴거리면서 해해 웃어대던 어린 시절이 그립다.

찬양을 부르며 온 맘 다해 주를 섬기리라 결심하다가도 내가 언제부터 이리도 바뀌었나 웃는다. 지금 깨달은 것을 그때도 알았다면 부모님의 손발이 되는 일을 기쁘게 할 수 있었을 것도 같다. 부모님이 꿈에라도 나타나시면 그리해볼 생각인데 좀처럼 등장하지 않으신다.

찡

운영하고 있는 가구점에 쪼그만 갈색 가죽 의자가 있다. 오늘은 한 고객이 "어머 우리 룰루 의자다!"라고 소리쳤다. 룰루는 그 댁의 애완견인데, 가족들이 돌아앉아 오붓한 시간을 보낼 때 애완견의 자리가 필요하다는 것이다.

마음에 찔렸다. 내가 어릴 적 마당에 놓아 키우던 찡은 귀엽게 생긴 스피츠였는데 무뚝뚝한 가족들과 사느라 고생이 이만저만이 아니었다. 우리만 보면 이유 없이 나자빠지고 뒹굴고 뛰어오르고 난리였지만 어느 누구도 살갑게 대해주지 못했다. 혹한에 그놈은 처절하게 짖어댔다. 측은해서 개집 안에 볏짚 가마니를 깔아주었는데 볏짚을 물어뜯어서 온 마당에 흩어놓고도 뭘 잘못했는지도 모르는 놈이었다. 어느 날, 그놈은 쥐약 먹은 쥐를 물고 쓸쓸히 세상을 떠났다.

찡은 우리 앞에서 터무니없이 자빠지는 쇼를 반복할 정도로 에너지가 넘치는 놈이었지만, 재빠른 생쥐를 잡을 만큼 민첩하지는 못했다. 아무도 현장을 보진 못했지만, 그놈이 쥐약 먹고 빌빌거리는 생쥐를 보자 승부욕으로 달려들었을 거라고 추측했다. 한 순간에 찡을 잃고, 우리 가족은 그놈이 난리법석을 떨던 마당 한편을 바라보며 슬픔을 참았다. 이별이 이리도 가슴 아픈 것이라면 다시는 강아지를 키우지 않으리라 결심을 했다.

오늘 손님 댁의 강아지를 생각하니 이미 사십여 년 전에 죽은 찡이 생각난다. 손님 댁 강아지는 예쁜 조끼를 입고 귀여운 방울을 달고 럭셔리한 모습으로 프랑스 가죽 의자에 누워 있을 것이다.

찡이 헝겊 나부랭이 하나 걸치지 못한 것은 내 잘못은 아니다. 나도 당시에는 시장통 리어카(수레)에서 건진 티셔츠

한 장으로 한 계절을 버티던 처지라 그놈까지 뭘 입혀줘야 한다는 생각을 못했다. 아마 입혀줘도 다 물어뜯었을 것이다. 그런 놈이었다. 당시 개가 옷을 착용하는 종족이라는 사실을 아는 사람도 드물었다.

아카시아 꽃내음이 진동하던 밤, 동네 개들이 사방에서 짖어댔는데, 찡도 질세라 짖어댔다. 두성, 진성, 가성을 섞어가며 컹컹 짖다가 제 곡조에 겨워 워어~~ 곡을 했다. 찡을 묶어놓은 줄이 풀리곤 했는데 그놈은 용수철 팅기듯 골목 끝자락으로 사라졌고, 연탄가게부터 정신없이 헤매고 쏘다니다가 만신창이가 되어 돌아오곤 했고, 온갖 구박을 받으며 몸을 씻어야 했다.

세월은 많이 흘렀고, 손주 자랑하는 할머니 못지않게 애완견에게 온 마음을 빼앗긴 사람들도 많다. 스마트폰의 카메라 성능이 날로 좋아지는 이유는 손주와 강아지 사진을 위함이다.

지난 연말에 미국에서 온 사진에는 빨강 체크 조끼를 입은 강아지가 흰 눈 쌓인 마을을 다니며 불우이웃돕기 후원금을 모금하고 있었다. 자기가 인간인 줄 아는 강아지들과는 격이 다른 삶을 살았던 딱한 그놈이 보고 싶다.

아버지의 손

❦

기억 속의 명절은 집 안 가득 고소한 기름 냄새, 지글지글 전 지지는 소리, 둘러앉아 빚은 송편을 솔잎 깔아 쪄내던 풍경이다. 소쿠리에 음식이 쌓일수록 무도회장의 부풀린 치맛자락 같은 풍성함을 누렸다. 부모님 떠나신 후에는 모든 게 변했다. 부엌 가득 벌려놓고 빈대떡을 부쳐보지만, 왈츠가 흐르지 않고 그리움으로 가슴이 먹먹하다. 한참씩 부모님 생각을 한다.

아버지는 1·4 후퇴 때 함경도를 떠나오셨고, 북청 물장수로 일하며 건축을 공부하셨다. 내가 일곱 살 되던 해에, 손수 설계하고 지으신 은행나무집으로 이사하면서 그제야 이 땅에 뿌리를 내리셨다.

신교동 집은 소박했지만, 단칸방을 전전했던 부모님에게는 궁전과도 같았다. 아버지는 쉼표가 없었다. 쉬느니 마당의 잡초라도 뽑으셨다. 그것은 아버지의 선택이었고, 아버지의 캐릭터라 여기며 나는 그렇게 살지 않으리라 생각했다.

아버지는 임금님이 거니셨던 궁을 지키고 관리하는 공무원이었다. 어린 시절, 아버지를 따라 자주 궁에 갔다. 늦가을 창덕궁의 뜰, 낙엽이 수북한 경사진 풀밭을 데굴데굴 구르면서 놀았다. 노랑 털 스웨터에 낙엽이 잔뜩 달라붙은 나를 보고 가족들이 한바탕 웃었다. 가족들을 웃긴 것이 신나서 나도 웃었다. 아버지의 투박한 손을 잡았다. 뜰을 거닐던 임금님도 공주님도 부럽지 않았다.

가장 기억되는 것은 자양센터의 통닭을 내미시던 아버지의 손이다. 무뚝뚝하셨던 아버지는 약주를 얼큰하게 드시고 귀가하는 날이 많았다. 당시 명동에 처음 생긴 영양센터에서 통닭 한 마리가 그려진 종이 가방을 들고 오셨는데, 처음 먹어본 통닭의 맛은 그 후부터 포장지의 그림만 봐도 벌써 군침 도는 맛이랄까. 전기오븐 횃대에 일렬로 꽂힌 채 버터기름을 줄줄 흘리며 빙글빙글 돌아갔던 고놈의 통닭들. 아버지가 늦은 밤 귀가하실 때면 어김없이 아버지의 손을 바라보게 되었다. 마당의 강아지가 왜 나를 보면 입맛을 다시는지 그때 깨달았다.

친정아버지는 병상에서 세례를 받으셨다. 주님을 영접하면 천국에 갈 수 있다고 말씀드렸더니 아버지는 고백하셨다.

"하나님은 참 합리적이시구나. 염치없지만 주님을 믿습니다."

그리고 그해에 이 세상을 떠나셨다.

"염치없지만……"이라는 말에 오래도록 가슴이 먹먹했다.

나 또한 염치없는 딸이었다. 부모님 손만 의지하여 살다가 미성숙한 상태로 부모를 여의었다. 아버지의 마음의 상처가 무엇인지, 얼마나 아프신 건지 알려고 하지 않았다. 그렇게 아버지가 떠났고, 엄마도 떠났다.

문득 '아, 그때 아버지가 너무 힘드셨구나 엄마가 그때 너무 외로우셨구나' 여겨지는 순간을 만난다. 2017

단짝 원이

꧁

    원이는 배화여중 시절 나의 단짝이다. 원이는 나랑 짝이 되려고 키를 높이고 나는 낮추어서 우리는 짝꿍이 되었다. 원이는 대학 시절 미국 LA로 이민을 갔다. 흑인폭동(1992년) 때 구두 가게가 불에 타고 재산을 잃었지만, 털고 일어서서 부부가 자바시장에서 청바지를 팔며 두 딸을 키웠다.

    2000년 겨울, 나도 아이들과 미국으로 갔다. 뉴욕 북부의 작은 마을 트로이, 딸아이가 다니는 고등학교의 담장 옆에 살았다. 조용하고 아름다운 마을이었지만, 기나긴 겨울은 정말 추웠고 허벅지까지 눈이 쌓이곤 했다. 너무나 외로웠다. 전화로 듣는 원이의 화통한 목소리 "따뜻한 LA가 지상 천국이야,

오죽하면 천사들의 도시겠니."

그 말에 나도 천사들의 도시로 이사를 했다.

LA의 햇살은 눈이 부셨다. 코리아타운 때문인지 향수병도 사라져서 선글라스를 쓰고 프리웨이를 달리며 휘날리는 머리칼을 넘기는 맛에 살았다. 친구와 있으려고 친구가 일하는 자바시장에 나가서 멕시칸들에게 청바지를 팔았다.

'자바시장'은 LA의 젖줄이다. 전국의 상인들이 모여들어 물건을 주문하고 보따리로 잔뜩 싣고 가기도 한다. 자바시장에는 의류 사업을 하는 남미에서 온 한인 교포들이 많았다. 그분들과 배달 점심 먹는 재미가 기가 막혔다. 현금을 만지는 곳이기도 해서 가게에 혼자 있는 날에는 이마에 권총을 들이대는 놈이 간혹 있었다. 물론 용감한 원이는 그놈의 팔을 물어 위기를 모면하는 깡순이였다.

한인 상인들과 교제를 하였다. 그들은 같은 교회를 다니고 있었다. 구구절절한 인생사를 지닌 분들이었고, 그중 성공한 유 집사님은 별명이 '밟아라 삼천리'였다. 미싱(재봉틀)을

37   단짝 원이

밟아서 자수성가를 했다고 불리는 봉제업계의 쓰리 스타급 애칭이었다. 라캐나다 산속에 풀장이 그림 같은 집에 살았는 데, 브라질에서 오신 분이라 브라질식으로 바비큐 파티를 자 주 하셨다.

그는 교회의 구역장이었고, 같은 구역이었던 원이를 초대 할 때마다 나는 1+1로 붙어 다녔다. 밟아라 님은 외양이 산적 (산도둑)과에 속했지만, 팜스프링에 호텔까지 소유했다는 말 을 듣고 다시 보면 산적같지 않은 것이 이상했다. 다들 같은 구역임을 자랑스러워하는 눈치였다. 나도 결국 교회를 다니게 되었다. 바비큐 파티에 가고 싶어서 같은 구역으로 들어갔다.

원이는 신기한 재주가 있었다. 과장된 설명을 자신 있게 하는 것이다. '연경'이라는 중국집은 탕수육을 600도의 기름 에서 튀기는데 LA 최고의 맛이라고 하면 사람들이 군침을 흘 리며 연경으로 몰려갔고, 모든 계모임 장소는 연경으로 변경 되었다. 600도라는 숫자는 정확한 것인지 의혹투성이였지만,

아무도 반박하지 않았다.

원이가 먹는 종합비타민은 국가 대표 운동선수들이 먹는다며 비행기를 종일 타도 안 피곤하고 감기도 안 걸린다고 했다. 누가 어디 아프다고만 하면 그 비타민을 먹였다. 의심이 들다가도 새벽 4시부터 일어나 성경 읽고 하루 종일 자바시장서 힘들게 일하고, 큰 목소리로 농담하고 웃어젖히는 그녀를 보면 저절로 먹고 싶어졌다. 얼굴 로션이 얼마나 기가 막힌지 설명했는데 그 자리에서 십여 명이 로션을 주문하는 장면을 목격했다. 물론 나도 비타민도 샀고, 로션도 샀다. 아무리 선전해도 사지 않을 때는 자기 돈으로 사서 선물로 주곤 했다.

같은 맥락으로 그녀는 자기가 믿는 하나님을 광고하고 많은 사람을 교회로 인도했다. 나도 그중 한 명이었다. 원이는 큰소리로 하나님 자랑을 했다. 장사에 능한 그녀는 왜 하나님을 믿어야 하는지 돈 계산하듯 설명했다.

"죽어서 천국이 있으면 수지맞는 것이고, 혹시 없어도 손해 볼 건 없어. 안 믿었는데 죽어서 지옥이 있으면 너무 억울하지."

그럴 듯해서 교회를 다니게 되었다. 다들 원이가 믿는 하나님을 믿고 싶어 했다. 자바시장이 한가한 날에는 원이가 성경을 가르쳐 주었다. 구역 예배는 산적님의 바비큐 파티였기에 올 출석하면서 믿음도 자랐다.

원이와 함께했던 꿈같은 시간을 보내고 한국으로 들어왔다. 친구 따라 강남 갔더니 친구 덕에 천국도 가게 되었다. 이제는 내가 그 천국 계산법을 사람들에게 가르쳐준다.

그리운 제니스

🌿

내가 동부의 트로이에서 설국 여인으로 살다가 따뜻한 캘리포니아로 이사를 한 후, 제니스와 원이, 그리고 나 중학 시절 삼총사가 캘리포니아에 모여 살게 되었다. 제니스는 중학교를 마치고, 원이는 대학 시절에 이민을 갔다. 당시 이민 세대들은 고학력이어도 세탁소를 운영하고 야채 가게를 운영하며 자녀들을 키워냈다.

제니스는 어릴 적부터 얼마나 고집이 센지 절대 남의 말을 듣지 않았다. 어른이 되어도 변하지 않았다. 새크라멘토에서 암 전문 의사로 일하고 있었기에, LA 친정어머니를 뵈러 한 달에 한 번 정도 왔다. 그 친구가 친정집에 나타나는 것은 반가운 일이었지만, 늘 커다란 골든 리트리버와 남편 빌과 엄마를 빼닮은 고집이 센 딸아이와 함께 나타났다. 빌은 미국 분인데 종군기자이고 세상이 인정하는 소설 작가였다. 한국 말을 못 알아듣는 그는 천연덕스럽게 끼어 있다가 육회비빔 밥 한 그릇 먹는 것을 큰 행복으로 여기는 겸손하고 지혜로 운 분이었다. 문제는 그 골든 리트리버, 해피라는 녀석이었다.

언젠가 우리 다섯 식구가 새크라멘토 제니스의 집에서 며칠 휴가를 보낸 적이 있었는데 제니스는 아이들 셋을 손님 방의 소파베드를 펼치고 재웠다. 아침에 아이들이 내게 와서 말했다.

"엄마 그 방이 해피 방인 거 같아. 개 냄새가 지독해."

나도 그런 느낌이 있었기에 친구에게 물었다.

"제니스, 해피 방에 우리 애들을 재운 거니?"

"그래, 모처럼 너네 가족이 와서 내가 해피 방을 내주었 어."

"아니, 개 침대에서 아이들을 재웠단 말이야?"

제니스는 답답하다는 듯이 고개를 휘휘 저었고, 엄한 목소리로 아이들을 불렀다.

"얘들아, 다 이리 와서 일렬로 서. 너네는 해피의 후각이 너희들보다 몇십 배 예민하다는 것도 모르니. 학교에서 그런 거 안 배웠어? 이제 해피가 너네 냄새로 얼마나 괴롭겠니."

아침 먹은 설거지를 깨끗하게 해놓았는데 그녀가 나오더니 살균이 안 된다며 내가 씻어놓은 그릇들을 세척기에 넣었다. 아, 그럴 수도 있겠구나. 그녀는 유명한 의사니까. 세척기가 다 돌아간 후에 문을 열었더니 우리 밥그릇이 개 밥그릇과 섞여 있었다. 그뿐인가. 빙글빙글 돌고 있는 세탁기 안에 아이들의 속옷이 해피의 담요와 엉켜 돌아가고 있었다.

우리는 친구의 스케줄대로 세 시간의 트레킹을 해야 했고, 힘들어서 울 것만 같았다. 어떻게 도망을 치나, 어떻게 좀 앉아 있나 머리를 썼지만, 방법이 없었다. 왕복 코스가 아니고 산을 통과하여 건너편 마을로 가서 점심을 먹는 코스였기 때문이었다. 아무 식당이나 가고 싶었지만, 지친 몸으로 30분

이상 줄을 섰고 결국 그녀의 계획대로 소문난 딤섬 집에 들어갔다. 제니스가 좋아하는 새우 요리만 열 접시를 시켰다. 너무 맛있어서 우리에게 먹이고 싶었을 것이다. 선택의 자유는 없었고 비싼 새우 요리를 원 없이 먹었고 닥터가 밥값을 냈다.

하루도 편하게 잠들 수가 없었다. 저녁에는 아이들에게 해피의 목욕을 명했다. 집 마당에는 해피 샤워 공간이 있었고, 그녀의 마음에 들 때까지 호수로 물을 뿌리며 해피를 씻겼다. 그리고 집 앞 비디오 가게에 가서 그녀가 좋아하는 영화만 많이 빌렸다. 물론 아이들이 보고 싶은 영화 제목을 열심히 말했지만, 영화평론가 수준의 마니아였던 제니스는 이런저런 많은 이유를 말하면서 결국 자기가 빌리고 싶은 영화만 빌렸다. 아이들에게 좋은 영화를 보여주고 싶은 마음이었다.

그 여행은 두고두고 우리를 웃게 했다. 남편인 빌이 맘에 안 드는 행동을 하면 "비~일?" 하며 제니스의 말꼬리가 끝없이 올라갔다. 불쌍한 빌은 아침이면 집 앞 카페에서 모닝커피를 마시며 동네분들과 교제하고 빵 한 쪽으로 아침을 때우곤 했다. 그의 주방에는 최고급 커피기계가 있었지만, 커피 가루 한 알만 흘려도 "비~일?" 하고 불렀다. 빌은 우리 아이들과 놀아준다고 사슴 머리 박제를 들고 오고 총알구멍이 뚫린 짐승들 가죽을 뒤집어쓰고 애를 썼는데 결국 마루에 떨어진 짐승 털을 보고 "비~일?" 고함 소리가 들리는 순간 우리 가족 모두 빌을 변호해주지 못하고 도망을 쳤고, 한동안 진공청소기를 들고 웅웅 거리며 돌아다니는 불쌍한 빌을 바라보아야 했다.

내가 미국을 떠나고 친구를 못 본 지 8년이 되었다. 오늘 제니스가 이메일을 했다. 우리 이렇게 살다가 몇 번이나 볼까. 그리움으로 창밖을 한참 보았다.

그러게 몇 번이나 볼까.

친구가 사주었던 새우 딤섬이 생각난다. 먹고 싶다. 제니스가 미식가인 것 같다. 2016

Part 2
아름다운
마을

방배동 이야기

∽

1983년, 납작한 판자촌이 모여 있었던 방배동에 고급 빌라가 지어졌고, 그 빌라에서 시부모님 모시고 신혼살림을 시작했다. 빌라가 뿜어내던 럭셔리의 아우라 때문인지 주변 판자촌들을 철거하기 시작했다.

철거대원의 고함과 판자촌 주민들의 비명이 들렸다. 어린 아이들이 철거대원의 바짓가랑이를 붙잡고 매달리기도 했다. 찌그러진 냄비와 초라한 살림이 길바닥에 나뒹굴었다. 쫓겨간 그들은 어두워지길 기다려 다시 돌아왔고, 또다시 쫓겨나기를 반복했다. 울다 지친 주민들이 어디론가 뿔뿔이 흩어졌다. 이웃이 말했다. "왜 하필 추운 날에…… 어떻게 겨울을 나라고……."

마을 위쪽 판자촌은 원인 모를 불이 나서 철거가 되었다. 옥수수 아줌마도, 솜씨 좋은 목수도, 손수레에 헌 종이 상자를 가득 싣고 다니던 아저씨도 쫄망쫄망한 아이들을 이끌고 떠나갔다. 보상금을 받긴 했는데 얼굴이 어두웠다. 열심히 살아가는 따뜻한 이웃이었는데 집 한 칸 주장할 권리가 없어서 쫓겨가는 것이 미안했다.

그들이 떠나간 자리에는 다세대 주택이 지어졌고, 골목에 어린아이들이 뛰어다녔다. 새댁들이 아이 키우는 이야기를 하며 젊은 날을 함께했다. 나는 꼬마들의 글짓기 선생님이기도 했다.

세월이 흘러 그 아이들은 아저씨가 되어 마을을 떠나갔고, 그들을 키워낸 다세대 주택들도 허름하니 빛이 바랬다. 얼마 전, 마을 입구에 재건축 축하 현수막이 걸렸고, 바람에 자랑처럼 펄럭거렸다. 다세대 주택들은 이제 고층 아파트 단지로 변신한단다. 의견 일치가 힘들었던 우리 빌라만 제외되었다.

삼십 년을 함께했던 주민들이 한꺼번에 마을을 떠나는 광경은 살아오면서 처음 겪는 아수라장이었다. 뒤숭숭한 기운이 마을을 뒤덮고, 대형 이삿짐 트럭들이 좁은 골목을 막아서서 한바탕 몸살을 앓았다. 버리고 간 가구와 살림들은 왜 늘 그 모양인지, 부슬부슬 내리는 빗속에 청승맞게 쭈그리고 있었다. 한순간 마을이 텅 비어버렸다.

휑뎅그렁한 빈집에 온기라고는 없었다. 싱그럽던 뜰의 나무들도 빛을 잃었다. 공허한 바람이 빈집 사이로 돌아다녔다. 휘장이 쳐지고 철거가 시작되었다. 뿌연 먼지가 하늘 높이 뿜어졌다. 을씨년스러운 철거현장을 견디는 것은 남은 이웃의 몫이었다.

삼십여 년간 함께 아이들을 키웠고, 함께 어르신들을 모셨던 이웃에 대한 정으로 철거현장의 먼지와 소음을 참는다. 사람 없는 건물은 으스스한 기운이 감돈다. 그래서 세상에서 가장 아름다운 것은 사람이라고 했던가. 마을이 생기 있고

환하게 빛났던 것은 이웃 덕이었음을, 그들이 떠난 후 알게 되었다. 2016

바깥양반

⟆

퇴근길에 집 앞 가게에 들러 시장을 본다.

삼십여 년 된 단골 가게인데 야채와 정육을 판다. 부부가 운영을 했는데 삼십 년 전에는 둘 중 누가 사장님인지 분간이 안 갔지만, 세월이 흐르면서 아내의 목소리가 커져갔다. 바깥양반은 말 그대로 가게 문밖에서 빙빙 돌았고, 자전거 배달을 하며 누가 봐도 돕는 자의 자리에 있었다. 배달도 힘든 일이었을 텐데 늘 웃었고, 싱거운 농담을 즐겼고, 배달이 없을 때는 가게 주변에서 유유자적한 모습이었다.

여사장은 무뚝뚝해 보여도 부지런했고, 오래 보면 다정했다. 물건값이 비싼 듯했지만 질 좋은 고기와 야채를 잘도 구해왔다. 나와 같은 시기에 배가 불러서 나처럼 세 아이를 낳

왔다는 인연도 있고, 나의 시어머니에게 언제나 따뜻하게 대해주어서 단골이 되었다. 옆에 대형 할인마트가 들어섰지만 여사장은 특상품만 취급한다며 꿋꿋하게 고가 정책을 폈고 신기하게도 나 같은 단골이 꽤 많았다.

부부는 주말도 없이 일했다. 어린 딸들은 방과 후에 가게 구석에서 숙제를 했고, 늦은 밤 온 가족이 퇴근하는 모습을 보았다. 삼십 년 동안 작은 온돌에 동그란 밥상을 놓고 집에서 챙겨온 반찬 몇 가지와 상추와 고추 그리고 된장을 놓고 식사를 했다. 내가 야채를 주섬주섬 고르는 동안, 직장에 취직한 딸아이 이야기, 혼자 외국여행을 떠난 작은딸 이야기를 들려준다. 여사장의 입꼬리가 올라가고, 듣는 나도 웃음이 절로 나는, 아이들 이야기는 나눌수록 달콤하다.

오늘은 휴일인데 안주인은 가게 안에서 갈비를 토막 내어 손질하고 있었고, 바깥양반은 밖에서 담배를 물고 있었다. 바깥양반이라는 명칭에 이렇게 충실한 남자도 흔치 않을 것이다. 여사장이 잠시 외출을 하면 바깥양반이 가게 안에 있는데 별로 도움은 안 된다. 그는 인터넷 삼매경에 빠져서 고스톱이나 장기 게임을 하곤 하는데 손님이 들어와도 중단하고 손님을 반길 리가 없다. 나도 적절한 타이밍이 될 때까지 급한 내 성질을 죽이고 기다린 적이 있었다.

손님이 과일을 골라도 봉지에 넣어달라고 말하기 전에는 움직이지 않았고, 손님이 크레딧 카드를 내밀고 서 있는데도 다른 손님과 농담을 이어갔다. 그래도 나에게 높은 점수를 받는 이유는 평생 아내를 귀하게 여겼고, 늘 곁에 있었고, 마나님 말씀에 순종하는 지혜가 있었다.

여사장이 콩이랑 밤을 넣고 백설기를 쪘다며 맛보라고 입에 넣어준다. 정말 맛이 있었다. 한 봉지 얻었다.

"어떻게 이렇게 떡도 잘 만들어요?"

"아들만 못 낳았지 잘하는 게 많아요."

그 말에 내가 밖에서 담배 피는 남자를 가리키며

"저기 미남 아들 있잖아요. 철들지 않는."

우리끼리 배를 쥐고 웃었더니 아저씨가 자기만 빼고 무

슨 재미있는 이야기를 하나 하고 담배를 비벼 끄고 들어온다.

삼십 년 전에는 사장님인가 혼동을 일으켰던 준수한 외모에도 불구하고 평생 아내의 명령이 있어야 움직이며, 가게의 도우미로 물러난 바깥양반. 예쁜 여자 손님이 들어오면 싱글벙글하던 아저씨도 이제 나이 들었고 목 디스크로 오래 고생했다. 삼십 년 세월이 흐르면서 어쩌다 우리는 목 디스크로 용한 병원을 알려주고 치료 효과를 나누는 동지가 되어 있었다.

집에 돌아와서 여사장이 만든 떡을 먹었다. 오늘따라 백설기가 아주 맛있다. 아니 어떻게 떡 만드는 재주가 늘었지? 맨날 삼식이(집에서 세끼 밥 먹는 남편) 때문에 힘들다더니 세끼 밥은 기본이고, 떡까지 쪄서 극진하게 섬기는 정성에 놀랐다.

한평생 가장으로 산다는 것, 가족의 울타리가 되어 주는 임무를 성공적으로 완수하고 이렇게 맛있는 떡을 대접받는 바깥양반에게 존경의 박수를 보낸다.

경비 아저씨

✦

"오늘도 좋은 하루 되십시오. 오후에는 비가 온답니다."

차를 몰고 주차장 밖으로 나올 때면 들려오는 경비 아저씨의 커다란 목소리.

아, 오늘 비가 오는구나. 출근하려던 나는 황송해서 창을 내리고 고개 숙여 인사를 꾸벅하면서 집을 떠났다. 일흔이 넘은 아저씨의 쩌렁쩌렁한 목소리는 적응이 어려웠고, 들을 때마다 웃음이 나왔다. 웃으면서 시작되는 하루가 감사했다.

저녁을 먹고 산책 겸 집 앞을 어슬렁거리는데 비밀 대화가 힘든 아저씨의 전화하는 목소리가 밖에서도 들렸다. 우렁찬 목소리로 간단한 이야기를 되도록 길게 하는 스타일이랄까. 경비실이라는 작은 공간에서 24시간 교대 근무를 하며 세 끼니를 해결하는 것은 이만저만 고생이 아닐 것이다. 술을 마시면 안 된다고 주민 대표가 여러 번 주의를 주었지만, TV 를 크게 틀어놓은 채 빈 소주병 옆에 쓰러져서 곯아떨어지곤 했다. 새벽에는 낡은 주차장에 물을 뿌리며 깨끗하게 청소를 했고 육군 모자를 쓰고 골목을 지나가는 차량들을 지휘할 때는 카리스마가 대단하셨다.

아저씨는 입주자들이 주차할 때마다 훈수를 두었는데 고함 소리가 주차장 가득 공명되어서 더욱 크게 들렸다.

"핸들을 오른쪽으로, 아니 아니 반대라니까."

"아이, 참, 그게 아니고오오오!!!"

주차장의 낮은 천장 때문인지 깊은 동굴에서 헤매듯 평소에 문제없던 주차도 진땀을 흘리게 되었다.

주차할 때 신경 안 쓰셔도 된다고 정중하게 말씀드릴까 생각한 적도 있었다. 그러나 그냥 '고함'을 택했다. 혼자 차를 세우는 작업도 외롭고 위험한 일인데 퇴근한 나를 챙겨주고

경비 아저씨

돌봐주는 분이 있는 건 감사한 일이라 여겨졌다. 반복하다 보니 고함과 혼미 속에서도 주차를 잘할 수 있게 되었다.

우렁찬 고함 소리가 주차장을 가득 메운 후, 차의 시동을 끄면 그제야 코치님이 "합격!" 외쳤다. 그리고 하루 동안 골목에서 일어난 사건 사고를 소상하게 들려주셨다. 그분의 하루와 나의 하루 그리고 이 마을의 하루를 오버랩하면서 3층 계단을 올라갈 때면 하루가 저물고 있었다.

저녁 식사를 마치고, 부엌에서 설거지를 하면서 창밖에서 들리는 경비 아저씨의 "합격!" 외침에 또 웃음이 났다. 누군가 늦게 귀가하셨구나. 아, 주차를 한 번에 잘하셨구나.

4년 전, 막내아들이 군에 입대했다. 양주의 어느 육군 보급부대에 배치되었는데 경비 아저씨가 왕년에 바로 그 부대의 대대장이었다는 것이다. 그 후로 아저씨는 우리 가족을 스페셜하게 대하셨고, 놀랍게도 친밀도만큼 목소리는 커졌다. 군대식 구령에 정신을 바짝 차리고 주차를 해야 했고, 대대장님에게 깍듯이 대해드렸다. 은근 아들놈이 휴가 나오는 날을 기다리는 눈치였다.

　더디 간다는 군부대의 시간도 흘러 아들놈은 전역을 했고 취직을 하면서 세월은 흘러갔다. 아저씨도 경비 업무가 버거운 나이가 되었다. 주차를 기가 막히게 잘했는데도 '합격' 소리가 들리지 않는 날이 많아졌다. 종일 피곤하셨는지 경비실에서 나오지 못하는 날도 있었다.

　홀로 쓸쓸히 차를 세우고 경비실을 기웃거렸다. 아저씨는 초저녁인데 빈 소주병 옆에 쓰러져 주무셨다. 골목 소식도 듣지 못하고 계단을 올랐다. 새로 이사 온 젊은 부부가 경비실 안을 들여다보면 어쩌나 걱정을 하면서. 2018

　　✦ 보스턴에서 딸아이 산후조리를 도와주고 돌아오니 아저씨가 보이지 않았다. 지병으로 갑자기 세상을 떠나셨고 새로운 분이 나를 맞았다. 아저씨, 고생 많으셨어요. 정말 정말 감사했어요.

어느 모기의 죽음

ek

우면산 자락에 한 시절 럭셔리의 상징이었던 3층 빌라가 있다. 거실 바닥에는 대리석이 반짝였고, 지붕에는 유럽풍 기와가 붉었다. 내가 아이들을 낳고 그 빌라 3층 주민이 된 지도 어언 삼십 년. 소공녀처럼 등장해서 나이 든 빌라 지킴이로 변신하는 사이, 많은 것이 달라졌다.

어리던 벚나무가 3층까지 무성하게 자라더니, 봄날이면 연분홍 꽃들이 부엌 창을 가득 메웠다. 길 건너 옹기종기 모여 있던 다세대 주택들은 사라졌다. 그 자리에 잘도 생긴 명품 고급 브랜드 아파트가 떡하니 들어서서 '이게 바로 럭셔리다'라고 말한다.

그 럭셔리가 들어서기까지 지난 2년간 내가 겪은 고충을 누가 알랴. 철거 당시의 뿌연 흙먼지와 뒹구는 살림 쓰레기, 새벽부터 굉음과 함께 휴대폰 진동처럼 불안했던 잠자리, 터져버린 욕실 온수 파이프, 처참하게 갈라진 거실 벽지. 그들의 지하 주차장 공사와 파이프 매설 작업을 견뎌낸 지금, 새 아파트는 모양을 갖추었다. 마당에 각종 예쁜 수목을 심고 놀이터까지 단장하면서 입주민 맞을 준비에 분주하다.

그래, 내 집도 곧 최신형 아파트로 거듭나리라. 고층 럭셔리 곁에 굴 딱지처럼 붙어 있는 수모에 마침표를 찍으리라.

세상은 맘대로 되지 않았다. 3년이나 질질 끌던 우리 빌라의 재건축의 꿈은 저 멀리 사라지고 있다. 지난여름은 더워도 너무 더웠다. 조각을 덧붙인 낡은 모기망, 빡빡해서 닫히지도 열리지도 않는 틈새 벌어진 몇 개의 새시 창문들. 그런데 참으로 희소식은 너무 더워서 모기조차 없었다.

가을은 왔다. 여름을 이겨낸 서로를 격려했는데, 잊고 있었던 모기가 슬슬 등장했다. 어제는 모기향을 피우고 잠들었는데 손가락이 가려워서 깼다. 조금 후에 앵~~~ 소리가 났다. 내 피를 빨고 한층 흥분한 모기가 얼굴 주위를 뱅뱅 맴돌았다. 어둠 속에서 손을 휘저어 모기를 쫓았다.

모기향을 피우고 방문을 활짝 열어놓은 것은 모기, 너를 죽이겠다는 뜻이 아니었고 방에서 썩 나가라는 대화였다. 그런데 한 번 내 피를 빨았으면 만족해야 하거늘 더 많은 것을 빼앗으리라 맘먹은 네놈은 탐욕의 화신이었다. 더 이상 대화는 없다. 더듬어서 테니스 모기채를 집어 들었다. 최신 전자 모기채는 늘 침대 옆에 수호신처럼 있었다.

어둠 속 전쟁에서 굳이 앵~~~ 소리를 내는 어리석은 놈은 세상천지에 너밖에 없을 것이다. 내 아무리 테니스를 못 쳐도 청각만을 의지하여 채를 휘둘렀다. 잘 피해서 도망갔던 네놈이 다시 앵~~~ 다가왔고, 그때 불꽃놀이 화약 터지듯 따따따따~~~. 그 소리가 어찌 그리 청명하던지 옆방에서 작업하던 아들놈까지 "할렐루야!"를 외쳤다.

네놈이 자초한 화형식이 나는 슬프지 않다. 너는 교만했고, 욕심으로 지혜를 잃었다. 방문은 열려 있었고 네놈은 후퇴하여 새 날을 기약해야 했거늘.

은밀하게 남의 귀한 것을 빼앗아가는 악한 것들이 세상에는 많단다. 그에 비하면, 앵~ 소리 없이는 공격할 수 없는 슬픈 운명의 너! 드높은 하늘은 날아보지도 못하고 수백 번의 날갯짓에 고작 나의 콧바람 언저리를 맴도는 너를 가련하다 여기다가도 단잠을 자다가 피를 빨리는 자의 입장이란 게 있단다. 너희들 세상에서는 죽을지언정 달려드는 네놈이 아무 짓도 안 하고 굶어 죽는 놈보다 우월한지는 모르겠으나 나는 네놈의 죽음 앞에서 기쁨이 밀려들어 꿀잠에 빠졌다. 억울하면 네놈을 유혹한 틈새 벌어진 낡은 새시와 구멍 난 모기망을 원망하거라.

호박잎

꿔

남양주의 마석에는 오일장이 선다. 텃밭에서 키운 야채와 토마토, 과일이 맛있다는 말을 듣고 처음 갔던 날이 기억난다.

낯설어서 두리번거리고 있는데 저만치서 영리해 보이는 팔순의 할머니가 나를 보고 다가왔다. 키가 작고 마른 체구의 할머니가 낡은 캐리어를 끌고 가다가 내게 바싹 다가와 밀착하면서

"호박잎 사요. 내가 더위에 오늘 한나절 딴 거야. 어찌 연하고 달고 맛있는지."

앙상하고 거친 손으로 캐리어에서 초록 망을 꺼냈다. 얼핏 보니 호박잎이 좀 커 보였다. 굵은 줄기도 보였고 꼬불꼬불

한 순도 보였다.

"줄기랑 순도 다 쪄 먹어봐. 얼마나 맛있다고."

거부할 수 없는 할머니의 카리스마에 이미 나는 사야만 하는 분위기에 있었다. 운명처럼 결국 사게 될 것이다. 캐리어 안에는 솔잎 한 줌 든 봉지와 나뭇가지가 몇 개 있었다. 나뭇가지는 귀한 한약재라며 자랑하셨다. 그분은 호박잎 장사는 아닌 듯했지만, 돌아가신 친정엄마 나이쯤 되신 것 같았고, 자신이 소유한 것은 최고의 가치가 있다고 믿는 점도 친정엄마와 비슷해서 부르는 대로 오천 원을 드렸다. 덤이라며 솔잎 봉지를 건네주셨다.

"냉장고에 넣어봐. 냄새가 싹 없어져. 시중에 파는 솔잎은 향이 없어. 이건 진짜라구. 덤이야 덤."

후하게 덤까지 주시다니. 얼결에 호박잎을 구입했지만 왠지 훈훈했다. 몸집 작은 할머니가 빠른 걸음으로 사람들 속으로 사라진 후, 망을 열어보니 억세고 큰 호박잎이 몇 개 구겨져 있는 상태였다.

장터를 돌아보니 아주머니들이 깔아놓은 판에 고추, 가지, 호박이 소복소복 쌓인 바구니들이 색색이 어찌 예쁘던지. 그중에는 호박잎도 있었다. 뽀송한 녹색 연한 잎들은 작고 보드라웠다. 가지런히 쌓아놓고 이천 원이었다. 방금 벌어졌던 일이 놀라웠지만, 어린 호박잎을 다시 이천 원어치 사서 마음 달래며 돌아왔다.

예쁜 호박잎을 김을 올려 쪄내고, 시장서 산 풋고추와 마늘, 파를 곱게 다져 쌈장을 만들어서 간만에 맛있게 먹었다. 초록 망에서 나온 억세고 두꺼운, 내 얼굴보다 크고 진초록 잎에 희끗희끗 얼룩까지 있는 펄럭이는 이불보 같은 잎을 어찌할꼬 고민하다가 아까워서 김을 올려 쪘다. 깜짝 놀랐다. 정말 달고 맛이 있었다. 굵은 줄기도 호박순도 연하고 달고 맛있는 게 아닌가.

할머니는 시장 주변에 계신 분 같았다. 시장 상인조차 버리는 잎을 주우신 건 아니었을까. 덕분에 나는 평생 처음 와

일드한 호박잎도, 굵은 줄기와 순도 먹게 되었다. 데친 호박잎이 너무 많아서 송송 썰어서 멸치 국물에 된장국을 끓이니 정말 향기로웠다.

호박잎의 신세계를 알려준 할머니, 나보다 장사도 잘하는 귀여운 할머니, 오늘도 파이팅입니다.

가구

❧

"도연명의 허실유여한虛室有餘閑이라는 시구는 선미는 있을지 모르나 아늑한 감이 적다. 물 떠먹는 표주박 하나 가지고 사는 디오게네스는 아무리 고답한 철학을 탐구한다 해도 명상하는 미개인에 지나지 않는다. 사람은 가구와 더불어 산다."

_피천득, 〈가구〉 중에서

광활한 초원을 옮겨 다니는 유목민이라면 천막과 식기 도구, 그리고 말馬과 더불어 살겠지만, 우리는 머물 집이 필요하다. 여우도 굴이 있고 새도 둥지가 있듯이 집만 덩그러니 있다고 되는 것도 아니다.

공간이란 가구가 놓이는 순간 비로소 편안한 호흡을 시작한다. 인간을 위해 자신을 비우고 있는 가구의 속성 자체가 이미 힐링이 된다. 여행을 다니며 지치고 피곤한 밤, 무거운 여행 가방을 끌고 들어선 낯선 숙소에서 정결한 침대를 보았을 때, 안도의 숨을 내쉰다. 그 침대는 나를 기다리고 있었고, 나와 어두운 밤을 함께하는 것은 물론이고, 편안한 휴식을 제공하려는 마음을 품고 있다.

80년대 미국 유학생들은 사과 궤짝을 식탁 삼아 밥을 먹곤 했다. 우리 부부는 이케아 가구를 구입했고, 직접 차에 싣고 와서 며칠이고 조립을 했다. 가구를 옮기다가 책장이 무너져 내렸고, 밑에 깔려 몸에 멍이 든 적도 있었다. 여유만 된다면 견고하고 모양도 아름다운 가구와 살고 싶었다.

한기가 스미는 LA의 겨울, 첫 딸아이가 태어났다. 낯선 곳에서 갓난아이의 눈망울을 들여다보았다. 다행히 한인교회의 창고에서 소파를 얻었다. 너무나 낡은 소파였지만, 그것도 감사했다. 아파트 바닥의 긴 털 카펫은 더러워 보였고, 벽에는 바퀴벌레들이 줄지어 돌아다녔다. 유모차를 끌고 거리를 산책했고 서점에서 예쁜 인테리어 잡지를 보았다. '언젠가 내가 선택을 할 수 있다면'이라는 꿈이 위로가 되었다. '선택'이란 얼마나 멋지고 감사한가.

살아오면서 여러 번 이삿짐을 쌌고 또 풀었다. 나의 공간을 확보했다는 기쁨은 가구로 완성되었다. 낯선 집에 들어서면 소리가 공명되어서 어수선하고 서늘했지만, 가구를 들여놓고 커튼을 걸면 공기조차 아늑하게 바뀌었다. 가구에서 따뜻한 기운이 온 집에 퍼졌다.

세월이 흐르고, 좋아하는 가구로 집을 꾸미는 날이 왔다. 게다가 십 년 넘게 프랑스 가구점까지 운영하게 되었다. 고객분이 이사할 집의 도면을 가져오셔서 가구를 고르는 모습을 보면 나까지 맘이 설렌다.

거실과 식탁을 정리하다가 문득 멈추어 집 안을 돌아본다. 가족들이 소파에 둘러앉아 나누던 이야기, 앞치마 두르고 따뜻한 음식을 차려놓았던 어느 저녁 식사, 온 가족이 둘러앉았던 식탁 풍경은 얼마나 정겨웠던가. 가구는 이야기를 담는 그릇임이 분명하다.

공항버스

🌿

언제부터인지 우리 동네에 공항버스가 지나간다.

한참씩 버스를 바라본다.

여행 가방을 싣고 떠나가는 사람을

눈으로 배웅한다.

지난 일주일,

미국 사는 둘째 딸아이가 결혼할 남자와 함께 한국을 방문했다.

제주의 바람과 바다.

일출과 일몰의 연붉은 풍광,

그 사이로 아이의 감탄과 웃음소리가 흩어졌다.

꿈같은 시간이 흘러갔다.

그리고 동네를 지나는 저 공항버스를 올라타고,

아이는 떠나갔다.

혼자가 아니고 둘이라서 보기 좋았다.

하루 가고 또 하루가 가고,

오늘도 길에서 공항버스를 만난다.

누군가의 그리움이 실려 있다.

나의 그리움마저 실으면 연붉은 차창,

버스가 저 멀리 사라진다.

그제야 멈추었던 나의 시계가 다시 재깍재깍 돌아간다.

2017

Part 3
하나

시간 스케치

꽃

설 연휴에 교회 식사 당번이었다.

지방에 내려간 분들이 많아 일손이 부족했다. 비빔밥 나물을 만드는 미션이었다. 겨울철 제일 달고 향이 좋다는 섬초 (시금치)를 관으로 구입하고 도라지와 청포묵을 구입했다. 섬초를 살짝 데치니 선명한 풀빛과 향긋한 달달함이 어찌 좋던지 데치면서 먹고 무치면서 먹었다.

아이들을 키우느라 눈코 뜰 새 없이 바빴던 삼십 대에는 육아라는 미션 앞에서 다른 것은 보지도 듣지도 못했다. 기계처럼 착착 작동되던 성능 좋았던 서른 즈음의 모습이 떠올랐다. 긴 세월이 흐른 지금은 많이 달라졌지만, 미션을 위해 정성을 쏟는 정신력에 스스로 높은 점수를 준다.

예배가 시작되었다.

성악가 한 분이 〈You raise me up〉을 부르는데 눈물이 났다. 어제 무리하게 일을 하여 어깨도 아프고 허리도 아팠는데 노래 가사 하나하나에 울컥했다. 운이 좋았다고 생각했던 많은 일들은 주님이 세심하게 함께 하셨기 때문임을, 어려움 속에서 울고 있을 때 나를 다독이고 일어서게 하신 분도 주님임을 생각했다.

점심시간. 비빔밥이 맛있다고 칭찬해주셨다. 굳이 자랑하고 싶었던 섬초의 고급한 맛이 만족도를 높였을 거라 분석해본다.

내일은 친정 가족 모임이다. 명절이면 엄마가 그립고, 엄마가 그리우면 엄마가 만들어 준 음식을 만든다. 각종 전을 부치고 갈비찜을 하고 동생들 두 집에 나누어 주려고 정성껏 포장을 하고 나니 부엌은 전쟁터. 지나치게 많은 음식을 만드느라 끙끙 앓으셨던 엄마가 보고 싶다.

친정 엄마가 뜨개질한 스웨터를 입고 설 명절을 맞았다.

엄마가 길어야 6개월이라는 암 진단을 받은 후에 무엇을 해야 할지 몰랐다. 엄마랑 동대문 시장에 가서 털실을 샀고 이 스웨터는 엄마의 마지막 작품이다.

동생 집에서 세배를 받았다. 이제는 대학생이 된 조카들을 바라보며 대견하고 자랑스러워 눈물까지 찔끔거리며 내가 엄마인 양 반응하고 있음에 놀랐다. 우리가 함께 좋아했던 음식, 만두, 굴비, 전, 갈비찜, 떡국을 차려놓고 맛있게 먹었다. 삼발이를 세우고 찰칵 사진도 찍었다. 스트레스가 암을 만든다는 말을 나누었는데 부모님의 스트레스는 우리로 인하여 만들어진 것 아닐까.

가족 모임은 카톡방에 사진 몇 장을 남겼다. 다 꿈같다.

아버지 가신 지 십 년, 엄마 가신 지 오 년인데 가신 분들의 빈자리는 무엇으로도 채워지지 않았다. 비어 있는 자리를 바라보지 않고 살아갈 뿐이고, 명절이면 바라보게 된다.

꿈에 아버지에게 카톡으로 사진을 보내려고 했는데 아버지가 낡은 구형 휴대폰을 들고 계셨다. 왜 진작 아버지 전화기를 안 바꾸어드렸을까 울음이 나왔다. 휴대폰을 사려고 집을 나서다가 잠에서 깨었다. 엄마의 전화번호는 이제는 잊었다. 여동생도 기억을 못한단다. 결국 눈물이 났다.

하루하루 시간은 흐르고, 시간 여행은 재미있는 열차를 타고 간다. 2017

지독한 사랑

꙰

    사랑하는 엄마가 천국 가신 지 일곱 해가 지났다. 엄마는 키가 크셨고, 건강하셨기에 온 가족이 엄마를 의지했다. 의지, 이 말은 수고로운 힘든 일을 엄마가 감당했고, 우리는 그걸 당연하게 여겼다는 말이다. 엄마는 쉬지 않고 누군가를 위해서 움직이셨다. 아버지, 오빠와 나는 잔병치레가 잦았기에 어쩌면 엄마는 어디 아프다는 말씀을 못하신 것도 같다.

    이번 기일에 엄마의 고교 시절 사진을 보았는데, 목이 길고 우아한 사슴 같은 외모가 꿈꾸는 소녀 같았다. 연극을 하셨고, 가곡을 즐겨 부르셨다. "목련꽃 그늘 아래서 베르테르의 시를 읽노라." 엄마의 노래가 듣고 싶다.

    나는 어릴 적부터 자주 아프고 배탈로 밤새 고통스러워

했는데 그럴 때마다 엄마의 이부자리로 파고들었다. 엄마는 어쩔 줄을 모르셨다.

"아이참, 내가 대신 아플 수 있으면."

엄마는 잠을 못 주무셨다. 나는 이불을 끌어당겨 얼굴을 묻고 울었다. 이불이 눈물로 얼룩졌다. 이불에서 엄마 냄새가 났다. 엄마가 어떻게 나 대신 아프겠다는 건가, 소중한 엄마가 나처럼 아프면 절대 안 되는데 싶어서 더욱 서럽게 울었다. 그것도 모르고 엄마는 "너무 아프구나, 내가 대신 아프면 좋으련만" 하시며 내 등과 배를 밤새 쓸어내리셨다.

엄마는 일흔다섯에 갑자기 돌아가셨는데 암 말기라서 손을 쓸 수가 없었다. 엄마를 하늘나라로 떠나보내야 하는데

"엄마, 내가 대신 아프면 좋겠어. 대신 죽으면 좋겠어"라는 말을 해드리지 못했다. 2019

나를 부르는 이름

❧

호적에서 나도 모르는 이름 '광순'을 발견한 건 내가 일곱 살, 유치원 입학을 앞두고였다. 당시 집에서는 미경이라고 불리고 있었다. 출생 신고할 때 이름은 나중에 알려준다고 하고 잊으신 부모님이나 오빠의 이름이 광석이니 광순일 거라 짐작하고 적당히 적어 넣었다는 동사무소 직원이나 그 허술함이 여러 사람을 웃게 했다.

동사무소 서기를 탓하던 엄마는 이 기회에 유명 작명소로 향하셨고, 당시 많은 사람에게 나누어준 비싼 이름 '수현'이 내 이름이 되었다. 나중에 대학에서 같은 이름의 친구들을 만나게 되었다. 심지어 같은 작명소 출신이라는 사실까지 알게 되었다. 엄마는 이름 덕에 좋은 대학을 간 거라고 하셨고, 유명한 김 선생 꼬리표가 부모님을 흐뭇하게 했다.

광순이든, 미경이든, 수현이든, 내 삶은 크게 달라지지 않았을 것 같다. 지금은 자기 닉네임, 아이디를 본인이 만들지만, 내가 어릴 적에는 친구들에게 기발한 별명을 붙여주고 폭소를 터뜨리곤 했다.

나는 미국에서 큰 딸을 낳고 이름 책에서 'Carol-song of joy'에 매료되었고, 딸아이는 평생 Carol이라는 이름으로 살았다. 기쁨의 노래가 아이의 삶이기를 소원했다.

비가 내리는 날, 교회의 벗들과 가평의 순례자의 집에 갔다. 존 번연의 《천로역정》에서 모티브를 얻어서 만든 순례 코스였는데, 믿는 자들의 이야기를 주물로 형상화한 장면들이었다.

늪에 빠진 자, 건져주는 자, 잠이 든 자, 꾀를 피우는 자. 유혹에 넘어가고, 나태해서 잠이 들고, 고난을 피해 쉬운 길을 찾는 자, 그들은 모두 크리스천이다. 주위에 내가 아는 누

나를 부르는 이름

군가가 떠올랐는데 곧 내가 다른 사람을 떠올릴 처지가 아님도 알았다.

등장인물마다 이름이 붙어 있었다. 단순, 나태, 허영, 고집, 변덕, 정욕, 위선 등 이름 하나씩을 확인하며 저런 어리석은 짓은 하지 않으리라. 삶의 방향을 바로 잡을 시간과 생명이 있음이 정말 다행이었다. 세상을 떠났을 때 아무도 내 이름 석 자를 기억하지 못해도 좋다. 그러나 소망이라고 불리길 원했건만, 죽고 보니 욕망이라 불린다면 어쩌나 싶다.

《천로역정》에서는 신의, 소망, 성실만이 죽음의 강을 건너 천성天城에 이르렀다. 예수님을 믿으면 누구나 천국에 간다고들 하지만, 존 번연은 영적으로 깨어있지 않으면 방향이 틀어져서 천국으로 가지 못한다고 경고한다. 예수를 믿어 영이 구원받았지만, 육신은 세상에 있기 때문이다. 영이 육신을 다스려서 구원을 완성해가는 믿음의 경주를 하여야 한다.《천로역정》이 성경 다음으로 많이 읽히는 이유를 알게 되었다.

손녀 하나

하나를 기다리다

여기는 미국 동부의 보스턴. 손녀를 받아주려고 나는 15시간의 비행을 하며 머나먼 길을 왔다. 하루도 비우면 안 될 거 같은 가게를 직원에게 맡기고. 둘째 딸 지영이가 새로 장만한 보금자리는 작은 면적에 지은 3층짜리 집이었다. 집 앞에 지하철역이 있고 마켓도 많아서 살기는 좋아 보였다.

"계단 난간을 잘 잡고 조심조심 내려와."

배가 남산만하게 불러 자기 발등도 안 보일 것 같은데 저 위에서 힘들게 내려오는 임신부를 바라보면서 그런 말을 안 할 수 있는 어미가 이 세상에 어디 있으랴 싶지만, 딸아이는 한두 번은 효심으로 참았는데 반복되는 잔소리가 싫었던 것 같다.

"엄마, 내가 조심하면서 내려오고 있잖아."

참아야지, 임신해서 예민한 거야. 반복되는 상황을 피하려면 빨리 아가가 이 세상에 나와 주는 수밖에 없다. 오늘인가 봐, 오늘인가 봐 기다렸다. 예정일이 지나고, 함께 산책을 오래 했건만 산통은 없고, 예비 할미만 지쳐서 힘들었는데, 신기하게도 끼니때만 되면 새 힘이 솟아 음식을 만들어 임신부를 섬기었다. 종일 받아먹은 딸아이는

"엄마, 오늘 아기 낳으러 갈지도 모르니까 나 잘 먹어야해."

그렇게 먹은 보양식 음식 가짓수가 열 손가락도 모자란다. 일하고 들어온 사위도 맛있게 먹는다.

아기가 늦장을 피우는 동안, 신선놀음을 하는 것 같았다.

동네 산책을 하고, 예쁜 카페에 들어가 아침으로 커피와 크로 아상을 먹기도 한다. 출근하는 미국 사람들이 줄을 서서 커 피를 기다리고, 나는 만삭의 딸아이가 지난밤에 잠을 잘 잤 는지, 먹고 싶은 음식이 있는지 묻는다. 주말마다 뉴햄프셔에 서 큰 딸아이가 와서 시간을 함께했다.

"엄마, 오늘 밤 병원 가게 되면 엄마 깨울게."

배가 불편해서 징징거리더니 사위 손을 잡고 천천히 3층 계단을 올라가며 말했다.

"운동을 해야 아기가 빨리 나온대. 계단이 운동에 좋다 구."

잔소리를 삼키고 올려다보고 있는 엄마가 보이는 모양이 다. 예비 엄마, 아빠, 예비 이모, 외할머니 모두 아기를 기다리 며 예상 못했던 사랑이 우리를 감싸는 것을 느꼈다. 세상에 나오기 전에 사랑으로 터를 준비하는 이 아이는 도대체 얼마 나 예쁘려고 하는 것인가.

하나를 품에 안다

하나가 태어났다. 아기가 들어오면서 매직처럼 집 안의 공기가 온화해졌다. 즐거운 소리가 들리는 것도 같았다. 아, 천사들이구나, 하나님이 주신 새 생명은 온 집 가득 천사들을 데리고 우리에게 왔다.

나는 할머니가 되었고, 지혜로운 사위가 짜 준 시간표대로 충실히 맡은 일을 한다. 산모의 음식을 준비하고, 우유병과 기저귀와 모유 펌프한 도구들, 아기 옷들을 소독하고 빨고 말리고 정리한다.

새벽 4시부터 아기를 돌본다. 아기는 젖을 먹으면 잘 자는 편이라 새벽에 조용히 기도하고 성경을 읽었다.

여기는 보스턴의 포터 스퀘어Porter Square.

이곳 거리는 내가 좋아하는 아름다운 찬양 〈하나님의 어린 양Agnus Dei-by Michael W. Smith〉을 배경 삼아 바라볼 때 아주

근사하다. 골목마다 옛 정취의 아담한 집과 고목으로 운치가 있다. 길 이름이 모두 나무 이름이다.

느릅나무elm, 체리cherry, 버드나무willow. 카페에는 아기 엄마들이 유모차를 끌고 나와 담소를 나누고 있고, 골목 안에 작은 초등학교 마당에는 아이들이 놀고 있다. 어디를 바라보아도 이제 하나 생각을 하게 된다. 그토록 작고 꼬물거리는 아가가 달콤한 숨을 내쉬며 나의 세상을 바꾸었다.

오늘도 체리 길을 걸어가서 맛있는 비스켓과 스콘을 사 왔다. 길가의 따뜻한 풍경을 바라보며 걷자니 찬양이 절로 나 왔다.

보고 싶은 하나

보스턴에서 돌아온 날부터 매일 하나의 사진을 기다린다.

밤새 빗소리가 들리더니 아침에는 날이 맑다. 청명한 또 하루의 아침, 내가 잠에서 깨면 지구 저편 딸아이의 하루는 저문다. 하나는 목욕을 하고 있겠지. 하루를 자란 하나의 사진이 전화기 속에서 대기하며 아침을 기다렸다.

아가의 사진들은 새소리처럼 꽃향기처럼 오감을 터치한다. 사진을 보고 또 본다. 웃음이 절로 나온다. 사진을 뚫고 보스턴 특유의 공기가 전해져 온다. 나의 가족이 숨 쉬는 공기. 두 달 된 아기가 눈을 맞추고 무엇을 보려고 고개를 돌린다는 것, 그 작은 고갯짓에 환호하고 감동한다.

하나의 깨끗한 눈망울을 보면서 하나님이 나에게도 맑은 눈을 주셨음을 생각했다. 2019

만나고 헤어지고

⚘

봄

　스미는 찬바람에 옷섶을 여미며, 반팔 티셔츠를 입은 청년들로 활기찬 거리에 나선다. 바싹 말랐던 나뭇가지에 수액이 돌고 연록의 새순이 돋는 풍경은 해마다 싱그럽다.

　오래전, 친정아버지는 같은 농담을 몇 번이고 되풀이하셨는데 그때마다 내가 똑같은 리액션을 한 것은 효심이었다. 그러나 3월이 펼쳐놓은 작년과도 같고, 재작년과도 같은 눈부신 생명력 앞에서는 아버지에게 드리지 못했던 진심어린 감동이 있다.

　봄이다.

　아련한 벚꽃 소리, "나 여기 있어요" 외쳐대는 개나리 소리.

반복되는 봄이지만, 아이가 태어날 때마다 '아, 기적이다' 가슴이 벅찬 것처럼, 결혼식을 볼 때마다 눈물겨운 것처럼, 봄도 그렇다. 움츠리고 있던 어깨 위로 조금은 따뜻하고 조금은 가벼운 햇살이 내린다. 얇은 막이 하나 걷히듯이 세상이 밝다.

일 년 중 가장 아끼는 순간.

아까워서 마음이 바쁘다. 2017. 3

이별

종일 비가 쏟아졌다. 우산을 쓰고 길가에 서 있었다.

어젯밤, 미국으로 돌아가는 큰딸을 배웅하고 돌아왔다. 수없이 반복했던 이별인데 이별은 늘 어렵다. TV를 틀고 쪼그리고 앉아 멸치 대가리와 똥을 발렸다.

오늘은 내가 더 쪼그라든 느낌이었다. 옷가게 쇼윈도를 바라보니 늘씬한 마네킹 위로 오버랩된 내 모습이 보였다. 키는 왜 이리 짧아졌나. 두리뭉실하다. 오늘따라 옷을 잘 못 입은 게지.

멸치 대가리를 봉지에 담아 직원의 애완견을 삶아 먹이겠다고 들고 나왔다. 비는 주룩주룩 내리는데 멸치 대가리를 들고 쇼윈도에 비친 내 모습을 보았다. 낯설었다.

거리에는 대통령 선거 유세 차량들이 돌아다녔다. 누구를 뽑아야 할지, 누구를 믿어야 할지, 이 말도 들어보고 저 말도 들어보지만 도대체 마음 둘 곳이 없는 쓸쓸한 유권자가 되어 비 내리는 빈 들녘에 서 있는 기분이었다. 2017. 4

새로운 세상

ᵉᵏ

횡단보도의 푸른 등이 7초, 6초 깜박일 때 사뿐 날아서 길을 건넜던 파랑새 시절이 있었다. 멈춰선 차량 안의 사람들이 눈을 못 떼었던 것도 같다.

이제는 신호등의 푸른 숫자가 초 단위 카운트를 시작하면 긴장한다. 17초? 17초는 나에게 안전한 숫자일까. 8차선, 10차선이면 가늠도 어렵다. 발을 헛디뎌서 비틀한다면……. 차들이 두 눈을 부릅뜨고 달려들고, 경적을 울려댈 것이다. 아픈 다리를 운운하며 선처를 구해도, 그러게 왜 돌아다니냐고 할지도 모른다.

뉴스는 노인의 독거사를 보도한다. 마지막 순간에 혼자 고독하게 죽어간 노인, 몇 달 후 주민을 경악시키는 죽음. 그 진한 살 썩는 냄새가 난다. 어디 한 곳 의지할 데가 없으셨구나.

가난으로 찌든 이 나라를 일으켜 세우느라 젊음을 바쳤던 분들이 제도권 밖을 맴돌다가 죽어간다. 그들은 이제 빈손이다. 사회에 팔 수 있는 것을 아무 것도 쥐고 있지 않다.

대학 시절 보았던 연극 〈세일즈맨의 죽음〉(1949년)이 이리도 슬픈 연극이었구나. 세일즈맨으로 살면서 아들 둘을 키웠던 주인공 윌리 로먼은 변해버린 세상에 적응하지 못하고 평생 다니던 직장에서 쫓겨났다. 그는 부르짖었다.

"저는 이 회사에서 삼십사 년을 봉직했는데 지금은 보험금조차 낼 수 없는 형편입니다! 오렌지 속만 까먹고 껍데기는 내다 버리실 참입니까. 사람은 과일 나부랭이가 아니지 않습니까! 관심을 좀 기울여주세요."

그의 아내가 두 아들에게 말한다.

"아버지가 훌륭한 분이라고는 하지 않겠다. 윌리 로먼은 엄청나게 돈을 번 적도 없어. 신문에 이름이 실린 적도 없지. 세상에서 가장 훌륭한 인품을 가진 것도 아니야. 그렇지만 그이는 한 인간이야. 그리고 무언가 무서운 일이 그에게 일어나고 있어. 그러니 관심을 기울여 주어야 해. 늙은 개처럼 무덤 속으로 굴러떨어지는 일이 있어서는 안 돼. 이런 사람에게도 관심이, 관심이 필요하다고."

이 글을 배울 때는 아무것도 몰랐다. 가슴이 이렇게 아프지 않았으니까. 세상이 빠르게 변하고 있다. 변한 세상에 적응하기가 쉽지 않다. 사회복지제도나 여러 NGO(비정부기구)도 있지만, 정작 도움의 손길이 가야 할 곳에 미치지 못한다. 제도권 안으로 들어올 힘조차 없는 분이 많기 때문이다.

사람은 본능적으로 안전한 곳을 찾게 된다. 도움이 필요한 분을 안전한 곳으로 인도하고 섬길 수 있으면 좋겠다는 마음인데 이미 그런 일을 위해 헌신하는 분들에게 감사하다. 2017

가슴이 아프다는 건

꙼

　감정 표현에 서툰 무뚝뚝한 어르신들이 드라마의 단골 캐릭터가 되곤 한다. 드라마 〈사랑이 뭐길래〉의 대발이 아버지 같은. 그들은 기뻐도 지나치게 요동하지 않고 쓱 웃을 뿐이고, 가슴이 아파도 뒷짐 지고 하늘을 올려다보면 그만이다. 이제는 퉁명스런 어르신의 캐릭터가 구시대의 상징이 된 것 같다.

　어릴 적에는 나도 꽤나 종알거렸는데 점점 말수가 줄었다. 아이들 지저귀는 소리에 기분이 좋다. 실향민이었던 아버지는 자주 화를 내셨고, 버럭 소리를 치셨고, 조잘대는 나를 예쁘다고 다정하게 안아주지 않으셨다. 초지일관 엄하고 무서운 캐릭터를 지키는 데 성공하고 세상을 떠나셨다.

차를 타고 출근하는 길에 라디오에서 흘러나오는 누군가
의 사연에 눈물을 흘릴 때가 있다.

"엄마가 그렇게 매일 화를 내고 자식들에게 퉁명스럽게
말을 한 것은 엄마가 너무 가슴이 아프기 때문이었어요."

너무 가슴이 아프면 화가 난 사람처럼 보인다고 했다.
왜 그 생각을 못했을까. 어릴 때 들었던 아버지의 전쟁과 가
난, 북에 두고 온 고향, 두고 온 부모님 이야기는 아버지에게
는 고작 20년 전의 생생한 이야기였는데, 철없던 우리는 언제
나 자동으로 첫 곡에 놓이는 레코드판 같아 흥미가 없었다.
자식이 넷이나 되어도 이놈, 저놈 빠져나가고 마음 약한 남동
생이 자리를 지키던 밤, 아버지는 소주를 드시다가 쓰러져 주
무셨다.

삶의 애환 앞에서 어떻게든 견디려고, 주저앉지 않으려고
힘을 주는 화난 어른들을 따뜻하게 안아드리고 싶은 4월이다.

기꺼이 마중물 되어

�

지금도 도심에 우물이 있는지 모르겠지만, 세검정 집(친정)에는 우물이 있었다. 꽃밭에 물을 주고, 강아지들 목욕시키고, 마당 청소도 했다. 까치발로 우물에 고개를 들이밀고 "수현아" 소리를 지르면 잠시 후 "수현아, 수현아~~~" 소리가 왕왕 울렸는데 귀신이다 소리치고 도망가곤 했다.

우물 옆의 펌프는 물 한 바가지 붓고 몇 번 펌프질을 하면 물이 나왔다. 펌프질이 거듭될수록 점점 힘차게 뿜어져 나왔는데, 첫걸음 뗀 아가가 자신감이 붙어서 걷기도 하고 달리기도 하는 것처럼 신기했다.

얼마 전, 우리나라에 온 첫 선교사들 이야기를 읽었는데

1885년 머나먼 땅에 와서 젊음을 바친 선교사들이 마중물의 역할을 했기에 지금의 기독교가 있다고 했다. 내가 졸업한 이화여대 또한 1886년 선교사 스크랜턴 여사가 세웠다. 한 명의 학생으로 시작된 이화학당 덕분에 봉건적인 억압 속에서 여성들이 신교육을 받게 되었다.

마중물이란 지하수를 끌어올리기 위해 부어주는 물이란다. 50년이 지나서야 이름을 알게 되었다.

나에게도 부족한 나를 작동시키기 위해 마중물이 부어졌겠지. 자전거를 배울 때 뒤에서 붙잡아주던 오빠, 스케이트를 신겨놓고 뒷걸음질하며 내 손을 꼭 잡아주었던 엄마. 나에게 기대하고 응원하는 분들 덕에 공부를 했다. 위인전을 읽으며 가슴이 두근거렸다.

결혼하고 아이들을 낳아 키우면서 아이들에게 기꺼이 마중물이 되고 싶었다. 아이들이 건강하게 물을 뿜어내기를 기도했다.

둘째 딸 지영이는 또래보다 빨리 언어를 익혔고 글도 익

했다. 물론 내가 단어 카드와 가나다라 카드를 벽에 가득 붙여 두었고, 일주일에 한 번 가정학습지 선생님도 오셔서 지도하셨다. 주위 분들이 귀엽다고 아이에게 묻곤 했다.

"지영아, 누가 글을 가르쳐줬어?" 아이는 늘 "나 혼자 배웠어요"라고 대답했다. 아니 이 아이는 왜 맨날 혼자 배웠다고 하는 걸까.

부모님이 떠나신 후, 몸이 아플 때마다 배를 쓸어주시던 엄마 생각이 난다. 물이 콸콸 나올 때는 마중물은 묻혀 보이지 않고, 보이지 않으면 잊고 살지만, 펌프질이 끝나는 순간까지 모든 물에 섞여 사랑을 나누어 주었을 것이다. 내가 지금까지 살아온 것은 나의 노력과 선택이라고 여겼지만, 혼자 글을 배웠다고 말하던 딸아이처럼 혼자 애를 썼던 기억이 너무 커서 그것밖에 보이지 않았던 것 같다.

내 삶이 끝나는 순간까지 마중물은 내 안에 있고, 내가 꿈꾸는 대로 물을 뿜어내도록 사랑의 기도를 하고 있다.

안전 궤도

ꏸ

똑똑한 사람은 떡잎부터 다르다. 두 눈은 반짝이고, 앵두 같이 예쁜 입으로 끊임없이 질문하고. 그런 아이들이 부러웠다. 나는 학습 내용을 굳이 더 알고 싶지 않았고, 미루어 짐작하는 것도 편하고 좋았다. 그러다 보니 습득한 지식에 자신이 없고 소극적인 아이가 되었다. 정해진 틀 안에서 힘겹게 한 계단씩 올라갔다. 피해갈 수 없었던 입시 스트레스! 힘든 시절이었다.

대학에 갔다. 안전장치로 묶어놓은 틀에서 팝콘처럼 튕겨져 나온 느낌, 그것은 갑작스런 자유였다. 그제야 문학과 그림과 클래식 선율 모든 것이 새로웠다. '나는 누구? 왜 사는 거지? 왜 이런 그림을 그렸지?' 꼬리를 무는 의문이 있었다.

'돈키호테'라는 인물을 만들어 호탕하게 세상을 웃겼던 세르반테스Saavedra를 존경했다. 나도 삶의 부조리를 알아내겠다고 알베르 카뮈Albert Camus를 뒤적이며 힘들어했다. 당시 대학가는 민주화 운동으로 휴교상태였고, 십만 명의 대학생들과 계엄 철폐를 외치며 서울역에서 몰려다녔다(1980년 5월 15일). 무엇에 분노했는지, 무엇을 요구했는지 지금은 아득한, 저마다의 진실을 위해. 당시 내 모습이 풍차로 돌진하여 거인을 물리치고 공주를 구하겠다던 돈키호테와 별반 다르지 않다고 여겼다.

돈키호테는 구경꾼들에게 큰 웃음을 선사했지만, 나는 그를 비웃지 못했다. 그가 꿈꾸는 세상은 어디에도 없다는 것을 알기에 슬펐고, 그가 안쓰러웠다. 내가 생각하는 세상도, 세상의 진실도 어쩌면 거짓일 수 있다고 생각했다. 저마다의 진실이 다 달랐기 때문이다. 서로 다른 진실은 진실이 아니다. 역사란 저마다의 진실을 지키기 위해 피를 흘린 기록이었다.

고된 시간도, 방황도, 호기심도 젊음의 흔적이 되었다. 마흔이 지나고 이리저리 부딪히고 상처받으면서 하나님 아버지 집으로 가는 길을 찾았다. 삶이 진리를 근거로 설계된 안전지대가 아니라는 것을 알게 되었다.

비상경보

✿

　요란한 소리로 폭염경보 문자가 왔다. 외출을 자제하라고 했으니 오늘도 매장은 조용하겠구나. 자영업자들이 줄줄이 폐업 신고를 하고, 어디를 둘러봐도 힘든 사람뿐이다. 괜히 가게 앞에 놓인 화분의 식물이 폭염에 지칠까봐 안쓰러워 들락거렸다.

　내가 살고 있는 시대가 역사에서 가장 힘든 격변의 시대라고 생각하곤 했다. 6·25 전쟁 이후 '잘 살아보세'를 부르며 새벽 별을 보아야 성공하는 줄 알았던, 국민교육헌장을 달달 외우던 소녀는 이제 스마트폰으로 문자도 보내고 전화로 미국에 사는 아이들과 영상통화도 하는 어른, 아니 어르신이 되었다.

며칠 전, 백화점 화장실에서 더운 물을 틀 줄 몰라서 옆 사람 도움을 받으면서 '아, 새로 나온 수전들은 예쁘지만 친절하지는 않구나' 생각했다. 돌아가신 엄마 생각이 났다. 예순이 넘어 운전도 배우고, 컴퓨터도 배우고, 팝송을 부르며 영어공부도 하셨던 엄마. 엄마의 화장대에는 새로 나온 메뉴의 이름이 적힌 포스트잇이 붙어 있었다. 까르보나라, 똠양꿍.

엄마는 끝내 스스로 똠양꿍(태국 음식)을 주문하지는 못했다. 기억이 안 나서 똥똥 하다가 웃음이 터졌고 우리도 웃었다. 그리운 엄마.

한 단계 한 단계 변화될 때마다 놀라운 혁명이라고 세상은 추켜세웠다. 어느 정치가도 경제학자도 초고속으로 페달을 밟는 것 외에 다른 방도를 찾지 못했다.

어제 1900년대를 배경으로 한 TV 드라마 〈미스터 션샤인〉을 보다가 여주인공의 내레이션에 놀랐다. 내가 습관적으로 하던 말, "우리는 급격하게 변하는 시대를 살아내고 있었다"는 독백이었다. 120년 전의 한 여인이 그리도 급변하는 삶을 견디며 힘들어하고 있었다. 고종황제, 일본인, 미국인, 러시아인 속에서 혼란의 시대를 겪는 여인의 고백. 아, 그 여인도 용케 견뎠구나. 두꺼운 역사책, 어느 페이지를 펼쳐도 여인이 말한다. 우리는 급변하는 시대 속에 있었노라고. 다들 그렇게 살다가 갔다.

삶은 의문투성이였다. 아프리카 흑인들이 왜 오랜 세월 잔인하고 끔찍한 일을 겪어야 했는지, 나의 작은 조국은 왜 두 동강이 나서 그리움에 피눈물로 흘려야 했는지. 애통한 사연도, 딱한 사람들의 이야기도 마른 꽃잎 되어 역사의 한 페이지가 되었다. 게다가 너무 흔해서 뉴스거리도 못 되는 억울하고 기막힌 이야기들이 현재진행형이다.

삶이 아름답냐고 묻는다면, 나는 YES. 격변의 시대 속에 혼란스러웠노라 말하지만, 삶은 아름답다. 예전에 나는 삶이 무엇인지 한마디로 정의하지 못했지만, 이제 삶은 고난 속에 부르는 빛의 노래이다. 어려움 속에서 서로를 위로하고 격려

할 때 빛이 흘러가는 것을 본다. 내 안에 사랑이 있는지, 빛이 있는지 나조차 인지할 수가 없지만, 그것들이 흘러가는 순간 인식할 수가 있다.

비상 상황이라고 미리 경보가 울려도 할 수 있는 일이 없는, 속수무책의 상황도 있다. 그러나 어둠에 갇히지 말라고, 어둠이 다가와도 자기 안에 있는 빛에 주목하라고 비상경보가 울리는 것 같다.

23도의 온기

❦

오랜만에 성난 고드름과 얼어붙은 한강 물을 보았다. 세검정 집에는 겨울이면 매서운 시베리아 바람이 뒷마당을 휩쓸었다. 한강 다리 건너 시집온 지 삼십 년도 넘었는데 찬바람이 불면 세검정 집 뒤꼍에 매달린 동태순대들이 고드름을 매달고 춤추던 생각을 한다.

용케 하루를 견디고 집에 돌아와 따뜻한 음식을 먹고, 온기 가득한 실내에서 밤을 맞으며 하루를 감사했다. 추위속에 고생했을 사람들이 안쓰러웠다. 나를 행복하게 해주는 아파트의 23도 실내 공기가 감사했다.

삶을 구성하는 여러 조건 중 하나만 이상이 생겨도 우왕좌왕한다. 공기, 전기, 물, 식량, 기온, 셀 수 없이 많은 조건들이 최적의 상태로 어우러진 하루란 기적이다. 이른 아침에 잠에서 깨면 하루가 기대된다.

사람의 품위를 유지하는 인격도 하나라도 이상이 생기면 평안을 잃게 된다. 그런데 꼭 한두 가지 문제가 생긴다. 나조차 이해할 수 없는 행동을 하고 불안에게 고스란히 하루를 내어 준 날도 있었다. 다 괜찮다고 여겼던 일이 사소한 말이나 관계에서 활화산으로 진행되는 경험도 했다. 내가 평정심을 유지하며 하루를 살았다는 것은 어쩌면 오늘 하루 아무도 나의 부족한 곳을 건드리지 않았고, 내 부족을 감싸주고 보듬어주는 고마운 이웃과 함께했다는 뜻이다.

비난과 정죄, 손가락질, 꼬인 관계의 책임이 모두 나를 향할 때 다리에 힘이 풀리면서 주저앉았던 기억이 있다. 창피하기도 하고, 억울하기도 하고, 스스로 실망해서 낙담했다. 무엇이라도 붙잡고 싶었던 시절이었다. 그러나 세월이 흐르고, 상처에 꾸덕꾸덕 딱지가 앉았고 알지 못하는 사이 떨어져 나갔다. 핑크빛 새살이 돋은 것이다. 새로운 삶에 흥분하느라 섭섭

함도 억울함도 잊었고, 어두웠던 기억이 다 지워졌다.

강추위 속에서 따스한 실내 기온을 소중하게 여기는 것처럼 나의 가슴이 늘 23도의 온기로 유지되기를 힘쓴다. 다른 사람이 23도의 온기를 유지하며 살아가도록 배려하려고 힘쓴다. 주저앉아 있는 이웃을 돌아보고 그의 손을 잡아 일으켜 주어야겠다. 2018

Part 4
프로테아

사진

꧁

베네치아를 향한 열차는 어둠을 가르고 달렸다. 열차에서 내려섰을 때는 이미 자정이었다.

도시 전체가 불빛 어른거리는 물속으로 적당히 빨려 들어가 편안히 흔들리고 있었다. 생소하고, 두렵고, 설레고, 피곤하다고 장황하게 설명해 보아도 이런 낯섦에는 썩 적절하지 않았다.

끈만 끊어지면 쏜살같이 내빼는 연처럼 어딘가를 향한 팽팽한 열망으로 여행을 떠난다. 그러나 여장을 풀 여관을 찾기 위해 물기 머금은 낯선 골목 어귀를 기웃거릴 때는 번번이 가슴이 쌉싸름해지는 것이다.

가는 비가 흩뿌렸다. 어둠 속 베네치아는 벽을 휘감은 담쟁이덩굴까지도 음습한 기운을 전해 왔다. 섣불리 이 도시에 매혹되지 말라고 주의를 주는 듯했다.

다음 날, 작은 여관의 이 층 방에서 눈을 뜨니 습기 찬 나무 창살 틈새로 참고 있는 웃음처럼 햇살이 새어들었다. 창을 열고 고개를 내밀었다. 집과 집을 연결하는 무지개 모양의 다리 밑으로 나룻배가 나뭇잎처럼 미끄러져 들어갔다.

삐걱거리는 소리 묻어 있는 목조 건물들, 옛 정취 물씬 배어나는 이끼 낀 주택 사이로 햇살이 안개처럼 내려앉았다.

심술궂은 관리의 신발처럼 앞코가 휘어져 올라간 곤돌라가 관광객들을 싣고 갔다. 노를 젓는 이가 무어라고 외쳤다. 내게는 마치 "자, 낭만을 팝니다. 귀족적 낭만이요"라고 들렸다. 그 모습이 싸구려 장사꾼처럼 흥겨웠다.

늦은 아침 식사를 하려고 작은 식당을 찾았다. 접시를 머리 높이까지 들고 다니던 어린 웨이터는 걸음걸이가 경쾌하고 편안했다. 그 소년의 배추색 조끼 때문인지 베네치아의 아침은 참으로 눈이 부셨다.

여행을 하면서 아무 생각 없이 낯선 풍경을 바라보고 있으려면 인생이 어디 그리 간단하게 지금으로 끝나더냐고 사진기가 속삭인다. 어느 먼 훗날, 따사로운 봄 햇살 아래 주름진 고독을 위해서 사진기는 나의 등을 밀며 다닌다.

나는 어디든 사진기와 삼발이를 들고 다녔다. 이상하게도 사진기를 갖고 다니면 낯선 풍경을 꼭 찍어야 하고, 아까운 풍경을 놓치지 않을까 조바심이 나기도 한다. '조바심'이라는 성가신 짐을 덜려고 또 셔터를 눌렀다. 때로는 구도가 잘 잡힌 피사체에 애정을 느끼는 적도 있다.

베네치아에서 시내버스 역할을 하며 섬 사이를 순환하는 배를 타고 산마르코 대성당 앞에 내려섰다. 비잔틴풍의 고아한 성당, 날리는 머리카락. 어디선가 볼레로의 선율이라도 들려올 것 같았다.

삼발이를 세우고 사진기를 자동으로 맞추었다. 성당을 배경으로 비둘기들에게 옥수수를 던지는 장면을 연출하려 했다. 그때 갑작스런 강풍에 삼발이가 쓰러졌고, 사진기는 박살이 났다.

사진을 안 찍고 이곳저곳을 돌아다니는 것이 허전했다. 무거운 구두를 벗고 운동화로 갈아 신은 듯 홀가분하기도 했다. 모처럼 먼 곳 어딘가에 한가로운 눈길을 던졌다. 코끝에 맴도는 바다 공기를 욕심껏 들이켰다.

몇 해가 지난 후에, 사진첩을 뒤적이다가 베네치아의 사진을 보았다. 묵었던 여관 앞 나무다리에서 찍은 사진이었다. 그리고 많은 생각을 떠올렸다. 그 집, 그 다리, 그 물빛을 보니 음습함과 가슴 싸한 긴장감이 되살아났다.

수많은 사람이 그 자리에서 사진을 찍었을 것이다. 그들 모두 베네치아의 나무다리, 지구본 위에 한 점으로도 표시될 수 없는 그 작은 공간을 자기만의 것으로 오래오래 간직할 것이다.

사진기는 누구와 어디에서 어떤 표정으로 있었는지 정확한 추억을 간직하게 해준다고 큰소리를 친다. 이미 아득하게 잊혀진 얼굴, 까맣게 잊은 풍경이 그리울 때 빛바랜 사진 몇

장이 얼마나 귀하던가.

그러나 사진이 없다 해도 큰 걱정은 없다. 추억은 아른아른 잊혀질 듯 떠오르는 맛도 괜찮으니까. 그와 노을을 바라보았던 곳이 새가 꺼억꺼억 울던 갈대밭이었다고 기억하고 싶은 때가 있고, 늦은 가을 논둑길이었다고 기억하고 싶은 때가 있는 것이다.

그래서 여행을 할 때마다 사진을 부지런히 찍을까 말까 망설인다. 수필집《세월》중에서

참 귀한 담요

乀

    산악인 잡지에서 '시클리스'를 처음 알게 되었다. 네팔의 히말라야 줄기, 안나푸르나봉과 람중히말 사이의 오지인 시클리스는 아무나 찾을 수 없는 신비를 품고 있었다.

    카트만두에서 포카라로, 포카라에서 베디, 정주를 거쳐 갔던 사흘간의 산행으로 지칠 대로 지쳐 있었다. 저 멀리 산 중턱에 새 둥지처럼 들어앉은 시클리스가 보였다. 비 내리는 해질녘, 불빛 하나 없는 납작한 흙담집에서 아이들이 뛰어나와 두 손을 모으고 명랑하게 외쳐댔다.

    "나마스테."

    옷도, 얼굴도 몸도 흙투성이였다. 어두운 집 안에서 무엇을 하다가 나왔는지 두 눈을 반짝이며 새처럼 지저귀니 비에

젖은 흙빛 풍경이 환하게 살아났다.

사냥꾼 매자 씨가 우리 일행 십여 명을 이곳으로 초대해 주었다. 램프를 매달고 더듬거리는 생활은 시작되었다. 예닐곱 평이나 될까, 흙바닥에 침낭을 십여 개 펴고 며칠간의 텐트 생활을 마감하고 모로 누워 잠을 청했다. 부스럭거리고 일어나 작은 손전등을 켜고 흙바닥에 엎드려 간단한 기록을 하려는데 불빛을 보고 희한한 나방부터 굼실거리는 지네까지 온갖 징그러운 생명이 달려들었다.

이 마을에는 삼백여 가구가 산다. 산등성이에 계단식으로 길을 만들고 작고 납작한 흙담집이 들어앉았다.

이곳에 오는 길에 포카라의 한 식당에서 알게 된 '까르마'라는 웨이터가 있다. 자기 고향이 시클리스라며 반가워하며 우리에게 짧은 편지 한 통을 들고 와 부모님께 전해 달라고 했다.

마을 구경을 하던 날, 일행과 편지의 주소를 찾아 나섰다. 집 앞에서 옷감을 짜던 여인들이 우리 머리를 보고 웃음을 터뜨렸다. 짧은 파마머리를 처음 본 모양이었다.

정말 우스운 건 그네들이었다. 씻지 않아 더러운 손과 얼굴에 치렁치렁한 싸구려 팔찌와 귀고리, 시엄마 앞에서 연신 담배를 피워 무는 새댁이 가관이었지만 예의 바른 우리는 웃음을 참고 있었다.

동네 교장 선생님의 안내로 까르마의 집을 쉽게 찾았다. 아들의 편지를 전해준 우리를 극빈 대접을 하려고 맘먹은 듯 보였다. 까르마의 엄마가 우리를 작은 다락방으로 안내했다. 차를 끓여 올 테니 기다리란다.

우리는 정성껏 깔아준 담요 위에 비좁게 앉았다. 이 마을 여자들은 베틀에 앉아 옷감을 짜고, 남자들은 대나무로 대자리를 짠다. 손님이 오면 귀한 담요를 의자에도, 바닥에도 깔아준다.

바로 그 귀한 담요가 우리를 심란하게 했다. 잠시 앉아 있었더니 엉덩이며 등짝이 스멀스멀했다. 햇볕에서 머리의 이를 잡는 모습을 보았고, 버팔로와 개가 많아 벼룩 또한 많다는 말도 들었으므로 우리는 그 귀한 담요를 의심하게 되었다.

결국 우리는 환한 마당에서 차를 마시고 싶다고 둘러대고 도망쳐 나왔다. 그때 하필 빗방울이 하나, 둘 떨어지더니 곧 빗줄기가 굵어졌다.

우리는 다시 아래층 화덕가에 쪼그리고 앉았다. 까르마의 아버지는 바지런했다. 시클리스에서 가장 바지런한 사람이었다. 어느새 우리가 도망쳐 온 담요를 다시 들고 나타났다.

"깔고 앉으셔요, 제발."

그 애원하는 얼굴.

까르마의 엄마는 계란 열두 알에 소다를 넣고 기름에 튀겨 주었다. 이 마을에서 계란 한 알은 소중한 식량이다. 까르마의 엄마는 이상한 계란 요리를 먹으라고 들이밀고, 까르마의 아버지는 귀한 담요에 우리를 앉히고 싶어 안절부절못했다. 두 분 다 간절한 눈빛이었다.

우리는 약속이나 한 듯이 담요 위에 털썩 자리 잡고 앉았다.

손으로 계란 요리를 집어먹고 등 긁적이고, 또 집어먹고 엉덩이를 들썩거렸다. 서로 눈이 마주치자 한바탕 웃었다. 우리가 웃으니까 까르마의 엄마가 웃었다. 까르마의 아버지도 웃었다. 모여 있던 동네 꼬마들이 신나게 웃었다. 이도 벼룩도 신이 났다.

화덕가에서 몸은 사정없이 가렵고, 마음은 한없이 따뜻했다. 수필집 《세월》 중에서

참 귀한 담요

짐마 커피

꙰

아프리카라니! 둘째 딸 지영이는 대학원을 마치고 선교사의 꿈을 품었다. 아프리카에서 선교사역과 사업을 병행하는 크리스천 기업에 취직하게 된 것이다.

에티오피아의 짐마Djimmah는 수도 아디스아바바에서 낡은 승합차를 타고 흙먼지를 날리며 일곱 시간이나 가야 하는 곳이다. 지영이는 그곳에서 신학교와 학교, 고아원 등을 세워 공동체를 형성하는 사업에 참여하고 있었다. 2년 전 여름, 우리 가족도 지영이를 만나러 그곳에 방문했다.

우간다인의 피부가 햇살에 반짝이는 흑진주 같다면 에티오피아인은 예쁜 커피 빛이었다. 에티오피아는 솔로몬과 시바 여왕 사이의 아들이 3,000년 전에 건국했다는 신화가 있는데 그래서인지 외모가 뛰어난 사람들이 많았다. 밝은 모카 빛 피부가 갈색 머리카락과 잘 어울렸다. 어린아이들이 나뭇짐을 잔뜩 지고 개울을 건넜다. 연초록 나무들을 배경으로 허름한 빨강 티셔츠와 노랑 치마가 다갈색 피부과 어우러진 풍경이 그림같이 예뻐서 사진기의 셔터를 누를 수밖에 없었다.

전기가 오락가락하고, 물도 없고, 인터넷도 열악했다. 길은 비포장이어서 비가 오면 온 동네가 진흙탕이 되어 어시장 긴 장화를 신고 푹푹 빠지면서 걸었다. 딸아이는 지붕에 설치한 철통을 타고 내려오는 빗물을 모아서 머리를 감고 몸도 씻고 있었다. 숙소는 온기가 없는 냉방이었고, 말라리아 때문에 모기망 속에서 잠을 자고 있었다. 온몸에는 벼룩에게 물린 자국이 150개도 넘었고 가려워서 긁었는지 벌겋게 부어 있었다.

마을에 나가 장을 보기로 했다. 봉고 버스를 타고 갔는데 지영이는 예전 60년대 버스 안내양처럼 X자로 백을 둘러메고 운전기사 옆자리에 가더니 에티오피아 말로 농담하며 웃었다. 그 아이는 이미 유명 인사가 되어 있었고, 길에서 마주치는 사람들과 반갑게 인사를 나누었다. 덕분에 우리 가족이 왔다는 소문이 온 동네에 퍼졌고, 우리는 극진한 대접을 받게 되었다.

귀한 손님에게 신선한 커피를 그 자리에서 볶아서 대접하는 커피 세리머니가 있었다. 집 안의 흙바닥에 연초록 나뭇가지ketma를 정성껏 깔았고 그 위에 숯이 담긴 작은 화로를 놓았다. 프라이팬에 커피빈을 볶아서 절구에 곱게 찧고 커피를 물에 넣어 팔팔 끓여 망에 걸러주는 긴 과정에 정성이 가득했다. 드디어 구수한 커피를 받아드니 이루 말할 수 없는 감동이 전해졌다. 석 잔 정도 계속 받아 마시는 것이 예의라고 했다. 나는 워낙 커피를 좋아하는데 그토록 향기롭고 정결한 맛은 처음이었다.

긴 여정을 마치고 떠나던 날, 공동체의 리더분이 잠시 기다리란다. 몇 번을 재활용했을까, 너무나 허름한 비닐봉지를 꽁꽁 싸서 주었다. 방금 볶은 따뜻한 커피빈이었다. 떠나는 우리 가족을 위해 축복기도를 해주었다.

방금 볶은 원두의 진한 향이 여행 가방 옷가지들 사이로 진하게 스며들었고 차 안에 퍼졌다. 차선도 없는 울퉁불퉁한 비포장도로를 달리는 승합 버스는 사정없이 튕겨 올랐고, 마주 오는 차량과 부딪히기 직전에 아슬아슬 피해가며 누런 흙먼지를 자욱하게 날렸다. 한시도 긴장을 늦출 수가 없었다.

돌아와서 여행 가방 안에서 꽁꽁 싸맨 비닐봉지를 꺼내 허름함을 벗기며 마음이 먹먹했다. 거기에는 못생긴 커피 원두가 들어 있었다. 정품 원두는 수출하고 내수 시장에서는 찌그러지고 병들어 상품 가치가 없는 원두만을 구할 수 있었다.

커피 향기가 멀고 먼 마을, 짐마의 풍경을 벌써 그립게 했다. 한가한 들판에 아름드리 망고나무, 큰 나뭇가지 짐을 등에 지고 흙먼지 사이로 걷던 어린 소녀들, 흰 구두로 한껏 멋을 부린 동네 청년들이 스치고 지나갔다. 아직 문명의 혜택을 충분히 누리지 못하는 그들은 새마을운동도 배우고, 선교사들이 설립한 대학교에서 공부하여 훌륭한 리더가 되기를 꿈꾼다. 그들이 누리고 있는 파란 하늘과 맑은 공기, 개울물 소리, 상쾌한 바람이 부러웠다.

사람들은 커피의 맛을 어떻게 묘사하는지 모르겠지만, 커피의 향기가 짐마의 풍경이 된다.

프로테아

3년 만에 아프리카 땅을 다시 밟았다. 남아공은 'K.K'가 사는 나라이다. 아들 현기가 다니는 다국적 교회에는 세계 각국에서 한국을 체험하러 온 믿음의 친구들이 모인다. K.K는 6년간 한국에서 일하면서 신앙 훈련을 받았고, 작년에 고국으로 돌아간 스물아홉의 여자 청년이다. 요하네스버그Johannesburg에 사는 그녀의 가족들이 우리를 따뜻하게 맞아주었다.

인도양과 대서양이 만나는 아프리카 대륙의 최남단에 희망봉이 있다. 네덜란드가 이곳에 깃발을 꽂은 이후, 수난의 역사가 시작되었고 오랜 세월 영국의 식민지로 유럽의 선진 문화를 일찍이 받아들였다. 요하네스버그의 땅을 밟으니 이

대륙의 눈물과 피와 땀이 느껴졌다.

K.K는 남아공의 흑인들은 불과 20여 년 전까지도 인종차별정책으로 고통당했다고 했다. 얼마 전에 본 영화 〈히든 피겨스Hidden Figures〉가 조금도 과장이 아니었다. 〈히든 피겨스〉는 1960년대 미국 우주항공국 나사에서 벌어졌던 인종 차별에 대한 영화였다.

수학 천재인 흑인 여성이 백인 화장실을 쓰지 못하고 유색인 화장실이 따로 있는 먼 건물로 달려가야 했던 슬픈 장면. 흑인은 들어갈 수 없었던 명문대학에 들어가기 위해 "모든 역사에는 '처음'이 있었다"고 절규했던 또 한 명의 천재 흑인 여성의 이야기.

백인들은 인종 차별을 악이라고 여기지 않았고 자기에게 유익하면 선이라고 믿었다. 사실 남아공에 이민 온 유럽 백인들은 신교도였다.

만델라 대통령 이후 인종분리정책은 막을 내렸다. 이기적이고, 악하고, 교만한 인간 본연의 속성이 빛 아래 드러났다. 만델라 스퀘어에 만델라 대통령의 동상이 서 있고, 전 세계 관광객이 몰려왔다. 흑인들에게 많은 일자리가 제공되고 있다.

일자리가 많아져서 아프리카 대륙의 수많은 극빈자의 부러움을 사고 있다는 남아공의 흑인들. 즐겁지만 우울한, 맑지만 서늘한 곡조가 들리는 이 땅에서 그들은 아름다운 관광지를 매일 윤기 나게 쓸고 닦고, 수리하고, 무거운 짐을 나르고, 맛있는 음식을 만들고, 시설을 최고급으로 유지하기 위해 일한다. 새벽 4시까지 출근하기 위해 버스를 탄다. 그들의 함석집은 반짝이는 관광지에서 멀리 떨어져 있어서 급여의 삼분의 일이 교통비로 사용된다.

여기가 유럽인가 싶도록 아름답고 세련된 쇼핑몰과 카페들을 보았다. 서로 진심으로 섬기고 섬김받음을 감사해했다면, 유럽의 신교도들이 하나님의 마음을 제대로 알고 하나님이 일하시는 삶을 살았다면 자연의 풍광이 기가 막히고 각종 인종이 섞여 사는 이곳이야말로 천국이 아니었을까. 높은 학식과 부를 지닌 자들의 오만과 편견이 아프리카인들에게 저지른 악행은 만천하에 드러났다.

요하네스버그의 시내, 주일 예배를 보고 쏟아져 나온 갈색 아프리카인들은 가족 단위로 단란한 교제의 시간을 즐긴다. 길가에는 가방, 티셔츠, 머리 장식품들을 늘어놓고 팔고 그 사이에 대여섯 명 둘러앉아 젬베(아프리카의 작은 북)를 두드리며 노래를 한다. 리듬을 타고 엉덩이와 몸을 흔드는 사람들.

후드득 몇 방울 비가 떨어졌다. 종일 햇살을 받고 더워진 대지 위로 빗방울이 떨어지며 훅 바람이 스쳐 갔다. K.K가 말한다.

"나는 이 냄새가 좋아요. 비가 오려는 냄새!"

흙냄새 같은, 흙에 묻힌 땀과 한숨과 피의 냄새, 열기를 식히는 서늘한 냄새, 오래 묵은 축축한 냄새를 맡으며 이들과 가까워진 느낌이었다.

거리마다 보랏빛 자카란다Jacaranda 나무가 아름다웠다. LA에서도 봤는데 이곳이 본 고장이란다. 우리나라의 벚꽃과도 같다. 길 양편에 늘어선 자카란다 가로수는 오랜 시간이 지나면서 서로를 향해 기울어져서 아름다운 캐노피 터널을 만들며 요하네스버그의 봄을 화려하게 만든다.

빈민촌인 스웨토 지역은 관광 상품으로 개발되었다. 관광객들은 자전거로 비좁은 골목을 누비며 다닌다. 툭툭이라는 샛노란 지붕 덮인 오토바이 차를 타기도 한다. 동네 아이들이 뛰어나와 관광객에게 손을 내밀고 하이파이브를 한다.

아이들은 학교에 가려면 신호등도 없이 위험한 고속도로를 가로질러 먼 길을 걸어야 한다. 쓰레기장은 두 달에 한 번 치워준다. 덥고 비까지 내리는 계절에는 썩은 냄새가 온 마을을 뒤덮는다. 노인과 아이들이 비닐봉지 하나씩 들고 쓰레기장을 뒤지고 있었다.

이들을 위해 수많은 사람이 애를 썼겠지. 많은 정책이 만들어졌겠지. 정치란 자카란다 나무가 만드는 캐노피 터널의 속성처럼 저도 모르게 기득권의 명분과 실리를 위해서 기울어지는 것은 아닐까. 누구에게는 영화의 한 장면처럼 낭만적인 가로수길이 누구에게는 도저히 헤치고 들어갈 수 없는 장막과 같은 거. 그래서 누구는 외로운 섬에 남게 되는 것은 아닐까.

여행하면, 해가 뜨고 지는 것이 감동적이다.

제주에 갔을 때는 해 뜨는 것을 보겠다고 새벽 4시부터 일어나서 공복에 성산봉을 올라가다가 심장이 터지는 줄 알았다. 그래도 극적으로 해 뜨는 것을 보았고, 후들거리는 다리로 산에서 내려오면서도 가슴이 벅찼다.

케이프타운에서 시그널 힐에 올라가 일몰을 보았다. 일상에서 잊고 있던 해지는 광경이 왜 이리 가슴을 벅차게 하고 눈물이 나는지 그 이유를 찾는 것이 여행의 맛인 것 같다.

추석이다. 아프리카 대륙 최남단에서, 낮에 강아지처럼

작고 귀여운 아프리카 펭귄들 수천 마리가 돌아다니던 해변 위로 청명한 대보름달을 바라보았다.

요하네스버그에 갔을 때, K.K가 남아공의 꽃인 프로테아를 보여주었다. 질기고 억센 붉은 줄기, 거친 듯 강하게 피어나는 커다란 꽃송이.

"우리를 닮은 꽃이랍니다."

남아공의 보름달이 맑고 서늘한 기운으로 검은 바다를 덮었다. 2017. 10

하늘에서 보는 풍경

✑

사흘간의 일정으로 베트남 호찌민 근교 가구공단을 둘러보았다. 세계 유명 가구 브랜드의 주문생산 공장들이 모여 있었고, 많은 기술자가 원목을 다듬고, 칠하고, 나르고 있었다. 그들은 키도, 체격도 아담하고, 날씬하여 바지런하고, 선하게 보였다.

시내를 벗어나니 작은 마을들의 풍경이 정겨웠다. 이삼층의 건물이 도로변에 작은 얼굴을 내밀고 뒤로 긴 구조였다. 프랑스의 영향을 받은 흔적으로 2층에는 앙증맞은 테라스와 창이 있어서 인형의 집처럼 예뻤다. 어디에나 카페가 있었고, 카페마다 남자들이 가득했다. 중간 톤보다 살짝 높은 음을 넘나들며 크게 말했고 음이 섞이면서 즐거운 분위기를 만들었다.

오토바이 천국이었다. 좁은 도로에 빼곡하게 붙어서 다녔다. 둘씩, 혹은 온 가족 아이들까지 넷이서 타고 다녔다. 거리가 와글와글 흥겨웠다. 그 사이를 비집고 승용차가 서다 가다 했다. 빨강 휘장에 금장이 호화로운 상여 차가 지나갔다. 누군가가 이곳에서 삶을 마감했고 남은 자들의 배웅을 받으며 떠나갔다.

30도가 넘는 고온다습한 날씨. 사이공 고깔모자를 쓴 여인들이 지나다녔다. 색색의 헬멧이 촘촘히 거리를 메운 풍경, 작고 아기자기한 마을들, 마을 사이로 가느다랗게 흐르는 사이공 강줄기, 낭만적인 풍경을 하늘에서 내려다보면 참 아름다울 것 같았다. 이 땅도 오랜 전쟁의 상처를 품은 채 사이공 강물처럼 흘러가고 있다.

어린 시절, 반복해서 꾸는 꿈이 있었다. 수없이 반복되어서 마치 현실인가 여겨지기도 했다. 꿈에서 비밀이 있었다. 원할 때마다 투명 인간으로 공중부양을 했다. 집 안에서도 날아올라 높은 천장에 붙어 있을 수가 있었고, 너른 들판에 높이 날아올라 온 동네를 내려다볼 수도 있었다. 공놀이하는 아이들을 구경했다. 높은 곳에서 내려다보는 것이 재미있어서 꿈에서 깨어나기 싫었다.

대학에 가서 〈우리 읍내our town〉라는 드라마를 읽었을 때, 나도 모르게 눈물이 났다. 마치 꿈에서 보던 이야기 같았다. 아침마다 아이들을 흔들어 깨워 학교에 보내고, 누군가는 성가대 연습을 하러 가고, 누군가는 결혼 준비로 동동거리는. 삶을 마치고 공동묘지에 가게 되자 이 땅에서의 하나하나 소소한 일상이 얼마나 소중한지 깨닫게 된다는.

얼마 전, 방배동 동생 집 옥상에서 저녁을 먹었다. 아들아이는 드론을 날렸다. 우리는 드론을 올려다보며 "인공위성이다!" 소리치며 손을 흔들었다. 드론이 찍어 준 사진 몇 장이 가족 방에 올라왔다. 온 가족이 하늘에 손을 흔들며 신나게 웃는 사진. 어릴 적 꿈에서 보던 풍경이다. 사진을 본 미국 사

는 오빠의 문자. '보고 싶다.'

하늘로 올라가 내려다보면 더욱 아름다운 이 세상을 이제는 드론이 보여준다. 주님이 바라보시는 세상이 이럴까. 꿈꾸듯 날아올라 이 세상을 바라본다. 2017

Part 5
별 헤는밤

글을 쓴다는 것

🌿

대학 시절, 이화문학회에서 클럽 활동을 했다. 친구들과 글을 공유하면서 글을 쓰는 사람도, 비평을 하는 사람도 글에 대한 열정으로 가슴앓이를 하곤 했다. 해마다 〈이화문학〉지를 출간했는데, 작고 초라한 잡지 한 권을 만들기 위해서 글을 모으고 교정을 보고, 편집과 표지 제작까지 직접 해야 했다.

무엇보다 광고 후원을 받는 일이 제일 힘들었다. 한여름에 땀을 흘리며 종로의 대형 안경집, 금은방까지 기웃거리며 호의적인 사장님들에게 사정했다. 그분들은 광고효과라기보다는 글 쓰는 학생을 외면하지 못하고 후원을 해주곤 하셨다. 한번 후원을 해주면 다음 해에 일단 그 사장님부터 다시 찾아가는 악순환을 각오하면서도 도와주셨다.

우리 중에서 권순예(필명 권지예)는 후에 《뱀장어 스튜》라는 단편소설로 알려졌고, 동인문학상과 이상문학상을 받은 권위 있는 작가가 되었다.

　간혹 대학가 뒷골목 허름한 주점에서 연대나 고대 문학반과 모일 때도 있었다. 냄비에서 찌개가 보글보글 끓었고 매달린 알전구의 노란 불빛이 따뜻했다. 그 친구들은 좀 괴짜들이었다. 저마다의 진실로 힘들어하던 청춘들은 까만 뿔테 안경 너머로 차원을 넘나드는 시선을 보내며 소주잔을 기울였는데 그 풍경이 어찌나 문학적이고 멋져 보이던지 술 한 잔 못 마시면서도 꼭 참석했다. 그들 중에서 소설가 성석제 등 유명한 작가가 여럿 나왔다.

　졸업 후에 결혼을 했고 남들처럼 아이를 낳았다. 여전히 글 쓰는 동네를 부러워했고, 습작을 모아 《세월》이라는 책을 출간하게 되었지만, 그 후 오랫동안 글과 멀어졌다. 육아도 힘들었고 결혼 생활도 힘들었다. 그렇게 세월만 흘러갔다.

　얼마 전, 대학교 영문과 친구들과 만나서 글 모임을 시작했다. 왜 다시 글을 쓰고 싶었을까. 무슨 글을 쓸 수 있을지 알지 못했다. 처음에는 같은 주제를 놓고 글을 쓰기도 했고, 같은 영화를 보고 글을 쓰기도 했다.

글을 쓰면서 내가 소중한 것을 많이 갖고 있다는 것과 나에게 사랑을 주었던 분들이 많았다는 것을 새삼스럽게 알게 되었고, 쓰고 싶은 것도 많아졌다.

친구들의 글은 저마다 아름다운 색이 있고 울림이 있었다. 놓치고 지나친 것들을 꺼내어 따뜻한 밥상을 차려놓는 엄마 같다고 할까. 즐거운 젓가락 소리가 달그락거리는 듯했다.

앞만 보고 왔던 지난 시간들. 글을 쓴다는 것은 지금 이 순간 나를 바라보는 일, 주변을 들여다보는 일이다. 새순 같던 아이들을 만나 보듬어주고, 젊고 건강했던 부모님을 꼭 안아드리면 가슴이 먹먹할 때가 있다. 참으로 사랑했지만, 사랑한다 말을 못하면 후회하는 날이 오는 것처럼, 감사하다는 표현을 하지 못하면 감사가 날아가버릴 것만 같아서 글을 쓴다.

마음을 다하여 글을 쓰면 신기하게 감사가 몇 배로 뜨거워지는 경험도 하게 된다. 글을 쓴다는 건 소중한 것을 정갈하게 담아 두는 과정이다.

별 헤는 밤

별을 사랑한 시인 윤동주. 광복을 그리도 바랐던 그는 1945년 2월 광복을 바로 눈앞에 두고 후쿠오카의 옥중에서 고문을 당하다가 세상을 떠났다. 그리고 70년이 지났다. 가을 깊은 밤, 윤동주 시인의 시비詩碑가 있는 연세대학 백주년 기념관에서 시인을 추모하는 작은 콘서트가 있었다.

콘서트는 윤동주 시인의 육촌 동생인 윤형주 씨의 〈어제 내린 비〉로 시작되었는데 사랑의 비가 촉촉이 내리는 듯했다. 대중가요로만 알고 있었던 노랫말이 윤동주 시인을 추억하게 했다. 밤새워 창을 두드린 간절한 사랑, 시인의 눈물 같은 사랑의 비에 흠뻑 젖었다. 노래를 부르는 동안, 스크린에는 빛바랜 사진들이 스쳐 갔다. 백 년 전 언더우드가 연희전문대학을 세웠을 당시의 사진들, 외국 선교사들이 복음을 전하며 의료 선교를 하던 사진들. 낡은 사진을 보니 눈물이 핑 돌았다. 갓을 쓰고 흰 도포를 입은 할아버지가 성경책을 높이 들고 기뻐하는 귀한 흑백 사진이 큰 스크린을 채웠을 때 관객들도 따라 웃었다. 윤동주 시인은 기독교 가정에서 태어났고, 연희전문대학에서 문과 공부를 하면서 민족의 참담한 모습에 괴로워했다.

〈별 헤는 밤〉이 낭송되었다. 바로 옆에서 들려주는 나지막한 고백이었다. 한 치 앞도 보이지 않는 어둠 속에서 어떻게 이리도 정결하고 따뜻한 이야기를 풀어낼 수 있었을까. 또박또박 적고 있는 청년 윤동주의 모습을 그려보는 것만으로 가슴이 아팠다. 그는 살아야 하는 이유 하나씩 등을 매달았는데 그 등은 어둠이 깊을수록 영롱한 별이 되어 주었다.

〈별 헤는 밤〉은 가족, 친구, 이웃, 민족을 향한 사랑의 노래이다. 뜨거운 모성애이다. 어머니는 아이를 흔드는 바람조차 근심인데 어둠 속에서 숨조차 편히 못 쉬고 신음하는 아이를 바라보는 아린 마음을 헤아려 본다.

별 하나에 추억과

별 하나에 사랑과

별 하나에 쓸쓸함과

별 하나에 동경과

별 하나에 시와

별 하나에 어머니, 어머니,

어머님, 나는 별 하나에 아름다운 말 한마디씩 불러 봅니다.

(중략)

나는 무엇인지 그리워

이 많은 별빛이 내린 언덕 위에

내 이름자를 써 보고

흙으로 덮어 버리었습니다.

딴은 밤을 새워 우는 벌레는

부끄러운 이름을 슬퍼하는 까닭입니다.

_윤동주, 〈별 헤는 밤〉 중에서

별 하나에 사랑 하나씩 불러보는 시인을 추억한다. 부끄럽다는 고백은, 잎새에 이는 바람에도 나는 괴로워했다는 고백은 민족에 대한 그 어떤 거창한 말보다, 그 누구의 사랑 고백보다 뜨겁다.

별을 노래하는 마음으로

모든 죽어가는 것을 사랑해야지

그리고 나한테 주어진 길을

걸어가야겠다.

_윤동주, 〈서시〉 중에서

그는 떠났고, 어둠은 걷혔다. 축복처럼 따사로운 햇살이 내리쬐고, 푸른 풀이 자랑처럼 무성하게 자랐다. 세상 불빛이 점점 더 밝아졌다. 그러나 지금도 살기가 만만하지는 않다. 창밖에는 울고 있는 이웃이 있고, 때로 검은 먹구름이 드리운다. 별빛이 또렷하지 않다. 죽어가는 모든 것이 잘 보이지 않는다.

시인은 고초를 겪고 짧은 생을 마감했다. 몇 달만 견뎠다면 얼마나 좋았을까. 그가 사랑했던 사람과의 추억이 그에게 별이 되었듯이 그의 맑은 시와 영혼은 우리에게 별이 되었다. 옆에 있다면 꼭 안아드리고 싶은, 여전히 풋풋하고 따뜻한 청년을 추억한다.

어머니, 참 예쁘세요

℘

어린아이처럼 해맑게 웃으시는 여든일곱의 시어머님. 내가 외출복을 차려입고 나서는데, 나를 보며 "참 예뻐요" 하고 좋아하신다.

"어머니, 참 예쁘시네요."

"할렐루야, 감사합니다."

몇 마디이지만 어머니와 이야기를 나눈 날은 기분이 좋다. 어머니는 십여 년 전부터 치매를 앓고 계시는데 단어를 잃어가신다. 집을 나가 길을 잃으신 적도, 여행 가방을 꺼내어 짐을 챙기며 엄마에게 간다고 성화였던 날도, 학교에 지각한다고 걱정하던 날도 있었다. 건강하실 때는 종일 성경을 읽으시고 화분을 자식처럼 귀하게 아끼셨는데, 사실 요즘은 무슨 생각을 하며 하루를 보내시는지 나는 알지 못한다.

지난 몇 해 동안 친정 부모님과 시아버님이 모두 세상을 떠나셨다. 내 곁에 어른은 시어머니뿐이다. 우리가 살아가는 세상은 차곡차곡 쌓아 올린 기억들로 이루어진 세상인데, 알 츠하이머라는 병은 기억체계를 갉아 먹고 새로운 기억을 쌓을 수 없는 이상한 나라로 데리고 간다. 사랑하는 사람이 내가 모르는 이상한 나라로 한걸음씩 떠나가는 것을 바라보는 일은 견디기 힘든 일이다.

며칠 전 영화 〈스틸 앨리스Still Alice〉를 보았는데 앨리스 (줄리안 무어)라는 최고의 언어학자가 알츠하이머 환자가 되는 이야기이다. 그녀가 어휘를 상실하며 바라보는 이 세상은 이 상한 나라이다. 의사인 남편과 훌륭하게 장성한 세 아이들은 당황하고 슬픔에 잠기지만, 그들이 할 수 있는 일은 담담하게 슬픔을 견디는 일이다. 각자 가정을 꾸리고 아기를 낳고 더 좋은 직장을 얻기 위해 떠나는 등 그들의 일상을 이어갈 수

밖에 없다. 엄마를 돌보기 위해 누군가 자신의 가정을, 직장을 포기하는 것이 옳지도 않지만, 그렇다고 담담하게 각자의 길을 걷는 것도 가슴이 아프긴 마찬가지이다. 영화 속에서는 세상의 성공적인 삶을 살고 있지 못했던 막내딸이 엄마를 사랑으로 돌보았지만, 현실에서는 정말 어려운 일이다.

영화를 보면서 항암 치료를 받으셨던 친정아버지 생각이 났다. 치료 중 치매 증세가 생겼고, 아무도 알아보지 못하셨다. 그때 가족들은 아버지가 우리를 못 알아본다는 사실을 받아들이기가 참 어려웠다. 미국에 살던 내가 아버지의 마지막을 지키려고 급하게 귀국했던 날, 아버지는 여전히 의식 없이 눈을 감고 계셨다.

"아버지, 저예요. 저 모르겠어요?"

그때 감고 계신 두 눈에서 눈물 한줄기가 흘렀고, 가늘던 숨이 멈추었다. 그 후, 그 순간을 생각할 때마다 안타깝다. 타지에 살아 병상을 돌봐드리지도 못한 불효자인 나를 기다리느라 아버지는 힘겹게 가는 숨을 이어가고 있었는데, 뒤늦

어머니, 참 예쁘세요

게 달려와서 내 마음 아픈 게 뭐가 그리 큰일이라고 마지막 몇 초 그 귀한 시간을 어이없이 흘려보냈을까. 다시 그 시간을 돌이킬 수만 있다면, 그럴 수만 있다면 낯선 세상에 계신 아버지를 꼭 안아드리며 사랑한다고 말했어야 했다.

지난 설날, 시어머님에게 자식들과 손주들이 세배를 했는데 무슨 기억이 나셨는지 눈물을 흘리며 "못 알아봐서 미안합니다" 하셨다. 손주들도 눈물을 글썽였다. "할머니 괜찮아요. 정말 괜찮다니까요." 서로 안아드리고 뽀뽀도 해드리고 손을 꼭 잡아드렸다. "어머니, 참 예쁘세요." 어머니가 환히 웃으셨다. 어머니가 우리와 함께 계신 것이 정말 감사할 뿐이다.

같은 영화를 보고 글을 써보자는 친구들의 제안으로 보게 된 〈스틸 앨리스〉의 여운이 오래 계속된다. 병이 우리의 혼을 갉아먹는 동안 우리는 낯선 세상을 헤맬 수도 있다. 그건 병이니까 어쩔 수가 없겠지. 그러나 이 영화는 생명이 다하는 날까지 사랑을 나누며 사는 소중함을 전하고 있다. 우리에게는 가장 어려운 일인 것 같다. 각 사람은 외로운 섬에 있다. 다른 사람의 섬나라는 나에게는 그저 이상한 나라일 때가 있다.

예전에는 가정의 달 오월은 유난히 분주한 계절이었는데 이제는 그리움뿐이다. 담장 너머 줄지어 피어나는 장미는 어찌 고운지. 장미 한 다발을 어머니께 드렸다.

어느 날의 일기

꒦

아침부터 집 전체를 흔드는 진동에 잠을 깼다. 공사장 인부들은 7시면 벌써 일을 시작하곤 한다. 좁은 골목 건너편에 대단위 재건축 아파트가 들어서기 때문에 몇 달째 철거 작업이 진행되었다. 집 안을 환기할 수도 없고 동네 사람들이 마스크를 쓰고 서로 눈만 바라보며 골목을 돌아다니는 상황이었다. 철거가 어느 정도 진행되었는지 이제는 포클레인이 바닥을 긁어대는 진동이 내가 살고 있는 삼십 년 된 낡은 빌라를 흔든다. 나는 안전한 것일까.

오늘 아침 침대를 흔드는 심상치 않은 진동이 마치 치과 의자에 누운 채 마취상태로 느끼는 기계 진동처럼 예민하게 느껴진다. 치과에서 느끼는 불안한 진동이야 꾹 참아내면 곧

튼튼한 치아로 맛있는 음식을 먹을 수 있게 되지만, 침대를 흔드는 이 진동은 옆집 새 단장에 나의 헌 집이 무너져 내릴 것 같은 불안뿐이다.

비가 계속 내린다. 철거가 진행되어 골목이 텅 비고 나니 정신없이 늘어진 전깃줄만 남았다. 비를 맞아 번들거리는 전깃줄은 굵은 전선과 가는 전선이 뒤엉켜서 힘겹게 어딘가에 연결되고 있다.

철거현장에서는 이런저런 사고가 계속되었다. 철거 중에 전선이 잘려 나가서 우리 집도 아랫집도 인터넷이 끊겼고, 덕분에 인터넷도 TV도 왕왕거리지 않는 낯선 정적을 만났다. 바람이 몹시 불었던 지난밤에는 공사장에 둘러친 휘장의 지지대 철봉들이 기울어지면서 거주자 주차 공간을 덮쳤고, 차량 몇 대가 파손되었다. 파손된 차를 고치고 렌터카를 빌리는 등 번거롭고 피할 수 없는 일들이 계속되었다.

오늘 아침 침대 밑바닥부터 휴대폰 진동처럼 흔들어대는 이 포클레인의 위력 앞에서 나는 불안하다. 주민 대표가 찾아왔다. 주민들이 소음과 먼지로 괴롭다고 계속 민원을 넣으면 보상금을 받을 수도 있다고 했다.

우면산을 타고 내려오는 맑은 공기를 마시며, 조용한 아침을 즐기던 일상을 되찾을 수 있는 방법은 아닌 것 같아 반복적인 민원이라는 번거로움을 원치 않는다고 말씀드렸다.

길고양이 단상

꒰꒱

날이 저물고 어둠이 내리니 으슬으슬 추웠다. 가게에서 과일 몇 개를 사 들고 걸어오는데 골목길에 주차된 자동차들 밑에 길고양이들이 웅크리고 들어앉아 있다. 어둠 속에서 노란 눈동자를 불태우며 나를 쳐다본다. 어쩌라는 거지? 나는 너희들에게 뭘 어찌할 힘이 없단다. 주차장에 들어설 때면 언제 어디서 너희가 튀어나올지 몰라 벌벌 떠는 연약한 여인일 뿐이다.

밤에는 셔터를 내리는 이 주차장이 한결 아늑한 잠자리를 제공하는 것 같다. 목소리 큰 경비 아저씨는 오늘 아침도 물을 뿌리며 고양이들의 배설물을 씻어내느라 힘들었다. 길고양이들은 왜 점점 더 많아지는 걸까. 먹여 돌봐야 하는지 잡아 가두어야 하는지 나는 모르겠다. 심각하게 고민한 적이 없다. 골목 담장에 작은 접시를 매달아 놓고 누군가 먹이를 공급하고 있다. 사람마다 생명체에 대한 가치관이 다르다 보니 길고양이에 대한 방안은 쉽게 답을 얻지 못하고 있다.

30년 전에 지어진 이 빌라는 최근 재건축을 위한 노력이 거듭되었다. 사실 나는 굳이 재건축을 해야 하는지 의아하다. 내년 봄에 집을 비우라는 공문을 받았다. 시간이 날 때마다 지도를 들여다보았다. 막상 옮기려니 갈만한 곳도 없다. 빌라를 팔아서 갈 수 있는 아파트를 찾기도 쉽지 않다.

이 마을에 처음 왔을 때에 판자촌이 구석구석 있었는데 이제는 다 사라졌고, 두 채만이 빌라와 아파트들 사이에 외딴 섬처럼 남았다. 온 마을이 재건축되면 아마 판잣집도 정리가 될 것인지 나는 모르겠다. 심각하게 고민한 적이 없다.

며칠 전, 판잣집의 중년 여인을 보았다. 아파트 담장 빈 접시에 고양이 먹이를 부어주고 있었다. 누가 먹이를 주는지

늘 궁금했는데 그 여인인 줄은 몰랐다. 무허가 판잣집은 법적으로 어떻게 보호를 받고 있는지 나는 그 여인의 입장이 되어보지 못한 것 같다. 나는 길고양이를 챙길 만큼 길고양이의 입장이 되어보지도 못한 것 같다.

엄마가 떠난 후에

꙳

엄마는 입원하신 지 3주 만에 하늘나라로 가셨다. 주위 분들이 '고통 없이 평안하게 천국에 가는 것도 복'이라고 위로 해주셨다. 그 말이 다시금 슬픔을 몰고 올지라도 위로해주는 분들이 있어 감사했다.

몸 안에 죽음의 세포가 번져가는 동안에도 건강한 줄 알 았는데, 서로가 이별할 준비를 하지 못한 채 엄마를 보냈다. 일흔다섯 해의 삶 앞에서 맥이 풀리면서 지금까지 아등바등 살아온 시간을 돌아본다.

모든 것에 감사하고 또 감사하며 살았다면 많은 것이 달 라졌겠지. 소중한 것을 잃고 빈자리를 슬픔으로 메우며 삶을 배운다. 휴대폰 연락처에 '어마마마', '아바마마'라고 입력하고 다니는 사람들이 부럽다.

아파트에서 혼자 생활하셨던 엄마가 세상을 떠나신 후에 엄마가 보관하던 아버지의 유품과 엄마의 살림을 정리하게 되었다. 동생들 마음 아플까 봐 내가 하겠다고 했는데, 돌아보면 그렇게 혼자 감당할 만한 일이 아니었다. 막상 하나하나 어떻게 처리해야 할지 몰랐다.

엄마가 매일 닦으며 아끼던 오랜 가구들부터 이불, 옷, 그릇, 장식장 안에 모아놓은 예쁜 인형들까지 부모님이 살아 온 이야기를 담고 있었다. 사진과 기록물은 동생들과 한 박스씩 나누었다.

엄마가 가고 내가 바라보는 세상이 많이 달라졌다. 쌓아놓은 물건을 정리하게 되었고, 간단하게 살아야겠다는 생각도 했다. 앞뒤 안 맞는 생각이긴 하지만 번듯한 핸드백도, 보석도 없었던 엄마의 옷장을 정리하면서 왜 더 귀한 것을 사 드리지 못했을까 가슴이 아팠다.

추도 예배 때마다 단 하루라도, 한 시간만이라도 부모님 보고 싶어 훌쩍인다. 인체는 자생 능력이 있어서 상처에 새살이 돋는데 왜 엄마 몸의 세포들은 무방비로 주인을 내주었을까 다시 야속해진다. 나를 사랑해주었던 분들은 하늘나라에서 유난히 밝은 별이 되었다고 생각한다.

다시 돌아가고 싶은 순간이 언제냐고 누군가 묻는다. 그분들이 이 땅에 계셨을 때로 돌아가고 싶다. 나는 부드러운 거즈에 휘감겨 있었던 것 같다. 거즈의 씨실과 날실같이 많은 이유를 만들며 살았다. 그런 미성숙의 막을 벗어나서 더 감사하고 더 사랑했다면 하는 후회와 그리움과 안타까움으로 별을 본다.

때로는 엄마의 자궁으로 돌아가고 싶다. 순결하게 안식하다가 이 세상에 나오리라. 그 아름다운 평강이 나의 평생을 이끌어 가도록 하겠다. 시원한 가을날을 택해서 세상에 나오고 싶다. 내가 태어났던 8월 어느 날은 너무도 더워서 엄마는 나를 낳고 온몸에 땀띠가 심했고 몸이 많이 부어올라 고생이 이만저만이 아니었다는 말씀을 여러 번 하셨다.

다시 돌아갈 수만 있다면 시아버님이 돌아가시기 전으로 가고 싶다. 큰 사랑을 받았는데 충분한 감사를 못했다. 돌아가시고 기운이 빠졌을 때에 아버님의 사랑에 의지하며 살았구나 알게 되었다.

다시 돌아갈 수가 있다면, 친정아버지의 병실로 돌아가고 싶다. 의식을 잃은 상태로 오랜 시간을 보내셨는데 내가 미국에서 들어온 날, 나의 목소리를 듣자 눈물 한줄기 흘리고 돌아가셨다. 서둘러 귀국하지 않았던 나의 어리석음 때문에 두고두고 가슴 아프다.

그러나 다시 시간을 거슬러 돌아간다 해도 잘 해낼 자신이 없다. 세월이 흐르면서 지혜가 늘고 귀한 것을 분별하게 되었다 한들 나는 여러 겹의 세상 지식과 계산으로 여전히 눈이 어둡기 때문이다.

비바람 몰아치는 광야에서 울부짖던 리어왕은 모든 것

을 잃고서야 빛을 볼 수 있었지만, 끝내 아무것도 보지 못한 채 해피앤딩이라 여기며 죽어가는 삶도 많이 있다. 남은 삶의 여정은 소중한 것을 모르고 지나칠 수 없도록 사람들과 빛으로 맺어지기를 소망한다.

동생의 초대

동해 바닷가에 사는 동생이 문자를 보냈다. 사실 동녀는 전화는 자주 하지만 문자는 거의 안 한다. 농부로, 어부의 아내로, 할머니로, 100세가 되는 어머니를 돌보는 딸로 너무 바빠서 문자를 찍은 적이 거의 없었다.

"언니, 생일 축하해, 파티는 초록집에서."

동생 은경과 삼척 아래 아름다운 용화해변으로 달려갔다. 동녀의 남편은 새벽에 배를 타고 나가서 문어를 잡는다. 동녀가 바닷가에 컨테이너 하우스 '초록집'을 장만했기에 거기서 하룻밤 묵기로 했다. 동녀는 작은 케이크를 꺼냈다. 와인과 와인 잔 세 개를 보고 우리는 웃음을 터뜨렸다.

"멋지다!"

우리 셋 다 평생 술 한 방울 마시지 않았는데 오직 멋을 위해 장만한 선물이었다.

"언니 주려고 시내 가서 샀어. 이거 봐, 고급 케이크다."

"와~~~ 파리바게트 모카 케이크다!"

서울에는 많지만, 용화마을에서는 삼척 시내까지 가야 하는 특별한 빵집이다.

우리가 놀랄수록 동녀는 좋아서 깔깔 웃는다.

밭에서 고추 따고, 볕에 내다 널고 거두며 힘들었을 텐데 케이크와 와인을 사러 먼 시내까지 나갔을 생각에 고마웠다.

"언니는 정말 복이 많다! 풍랑으로 며칠 고기잡이배가 허탕을 쳤는데 오늘은 애들 아빠가 펄펄 뛰는 돌삼치와 가자미와 문어를 잡았대."

얼마 후 팔뚝만한 돌삼치가 펄쩍 뛰어오르는 것을 보았다. 생선을 손질한다며 분주한 동녀를 보았다.

동녀는 어릴 적에 집안 형편이 어려워서 우리 집에 와서 집안일을 도와주며 우리와 함께 자랐다. 나의 친정엄마가 돌아가신 후에 우리는 늘 엄마를 그리워했다. 내가 고춧가루를 사본 적도 없고 김장을 담근 적도 없음을 알게 되었는데 그때, 동녀가 말했다. "언니, 이제부터 내가 언니의 친정이다. 알았지?"

뒹굴며 수다 떨다 보니 동녀는 어느새 곯아떨어졌다. 우리가 온다고 고추, 마늘, 감자, 양파까지 준비하느라 피곤했던 모양이다. 동녀의 얼굴을 들여다보았다. 이 아이도 벌써 쉰여덟. 처음 우리 집에 왔던 열두 살 때 모습처럼 여전히 예쁘다.

Part 6
친정
수필집 《세월》 중에서

해가 중천에 떴다

⚜

퉁탕퉁탕!

상큼한 아침 공기 가르며 망치 소리가 울려 퍼졌다.

뒤꼍에는 목재가 수북이 쌓여 있었다. 그 정도의 목재 더미라면 내가 아버지와 한집에서 맞게 될 어느 휴일 아침이라도 아버지는 계속 무언가를 만드실 수 있었다.

모처럼 실컷 자고 싶은 휴일 아침, 아버지는 개집도 닭장도 더없이 견고하게 지으셨다. 그 망치 소리는 쉬지 않고 달리는 열차처럼 가족들을 끊임없이 부추겼다.

한때 북청 물장수였던 아버지는 공사장 막일을 하며 대학 공부를 하셨다. 내가 태어나기 전에는 말단 공무원이었고,

이십 년 동안 작은 책상을 지키고 앉아 계셨다. 그런데도 나는 아버지가 우리나라 국토 재건의 현장에서 땀 흘리신 것처럼 가슴 뿌듯할 때가 있다.

내가 초등학교 다닐 때, 실향민들이 우리 집에 자주 오셨다. 이 땅에 자리 잡지 못하고 삶의 변두리, 서울의 변두리를 헤매던 그분들은 은행나무집으로 이사한 아버지를 무척이나 부러워하셨다. 그분들은 종종 나를 붙잡고 말씀하셨다.

"네 아버지는 자수성가하셨다. 독불장군처럼 우뚝 섰다."

독불장군은 나폴레옹 장군을 연상시켰다. 두 분의 불퇴전의 정신이 유년 시절 나에게 큰 자부심을 주었다. "우뚝"이란 얼마나 멋진 표현이던지 두 주먹에 힘이 불끈 들어갔다.

장군 같은 아버지는 늦은 밤, 소주잔을 앞에 놓고 식구들을 소집하는 것을 좋아하셨다.

"우리 모두 힘들다만, 조금만 더 허리띠를 졸라매자."

가족 모두 아무 말이 없었다. 도대체 허리띠는 언제까지 졸라매야 하는 것일까. 아버지가 '조금만 더'를 힘주어 말씀하실 때마다 나는 영원히, 정말 영원히 허리띠를 졸라매야 할지도 모른다는 처량한 생각을 했다. 아버지의 '조금만 더'에는 늘 지금이 가장 위기라고 부르짖는 애절함과 끈질김과 절박함이 있었다. 그러나 그것을 '영원히'로 받아들인 나는 흔한 반공 표어 듣듯 시큰둥했다.

'허리띠를 졸라매자'의 건설적인 분위기와 불도저식 추진력이 우리를 끌고 갔다. 집안 형편은 조금씩 나아졌다. 가끔 자장면을 사 먹을 형편도 되었지만, 우리는 아버지의 강경책에 불만을 늘어놓곤 했다.

몇 해 전, 드라마 〈사랑이 뭐길래〉가 주말 안방극장을 웃음바다로 만들었다. 우리 아버지와 대발이 아버지가 얼마나 똑같든지 나의 기억 체계에 혼동이 왔다.

우리 식구는 치약을 끝까지 비틀고 또 비틀어 차마 눈

뜨고 못 볼 형상으로 뒤튼 후에 새 치약을 써야 했는데, 그 이전에 새 치약에 손을 댔다가 보기 좋게 한 대 얻어맞은 놈이 나였는지, 대발이였는지, 나의 오빠였는지 자꾸 혼동된다. 아버지 식으로 세상을 보면 겉멋 들어 건들거리는 놈이 너무 많았다.

건들거리는 놈은 휴일의 아침 단잠을 간절하게 원한다. 허리띠를 졸라맬 때 매더라도 휴일 하루만은 '조금만 더' 자고 싶었다. 그러나 퉁탕퉁탕 망치 소리 들려오고, 눈치 빠르게 얼른 일어나지 않으면 망치 소리가 뚝 끊겼다. 망치 소리가 끊기는 것은 더욱더 괴로웠다. 곧 한바탕 소동이 이어졌다.

"이놈들아, 해가 중천에 떴는데."

은행나무집은 이른 아침, 해가 중천에 떴다.

안녕히 다녀오십시오

᪥

아버지의 고향은 함경도 북청이다. 1·4 후퇴 때 월남하셨
다. 서울에 자리를 잡고 결혼도 하고 우리 사 남매를 키우셨
다. 고향에 돌아갈 날만 손꼽아 기다리셨던 아버지는 거의 매
일 약주를 즐기셨다. 아니 즐기신다기보다 술에 절어 자정이
넘어 가로등 불빛 아래 갈지자로 휘청이며 돌아오셨다. 엄마
는 뜨개질하며 지루한 밤을 보내셨다.

"오늘도 걷는다마~는 정처 없는 이 발길~"

담장 너머로 노랫가락이 들려오고, 할 일 없는 강아지가
캥캥 짖어대면 초인종이 사정없이 울렸다. 아버지는 초인종만
누르고 나면 도대체 몸을 가누지 못하셨다.

전축을 켜면 레코드 바늘이 자동으로 첫 곡에 놓이듯이 아버지는 며칠 전 말씀하셨던 북녘 이야기를 다시 처음부터 시작하셨다.

"북청 과수원에는 말이다. 사과가 아주 많이 열렸어. 애들하고 시합한다고 하루에 쉰 개까지 먹어봤거든."

엄마는 했던 이야기를 또 하게 만드는 소주병을 원망하셨다. 철없던 우리는 킥킥거리고 웃다가 슬슬 도망칠 궁리를 했다. 자식들에게 들려주는 고향 이야기, 그것은 아버지를 한결 쓸쓸하게 했다.

외롭다, 외롭다, 참 외롭다…….

내가 아주 어릴 적부터 아버지를 따라다니던 그것은 대체 무엇이란 말인가. 소주를 드실 때면 그놈의 외롭다, 외롭다, 참 외롭다가 다 기어 나와 아버지 어깨에도, 아버지 눈가에도, 아버지가 내뿜는 담배 연기에도 들러붙었다.

지금도 기억 속에 아버지의 혀 꼬부라진 소리가 맴돈다.

안녕히 다녀오십시오

"너희들은 몰라, 아무것도 몰라……."

정말 나는 아버지에 대해 아무것도 몰랐다.

불도저식 지도자도, 용사도, 돌아보면 외롭고 또 외롭다는 것을 나는 알지 못했다. 부모님도 보고 싶고 어린 누이도 보고 싶었던 아버지의 애끓는 그리움을 철없던 나는 알지 못했다.

겉멋 들린 나는 지도자의 권위와 억지, 장군의 용맹과 전승, 목수의 성실을 보았다. 항시 든든하고 결코 무너질 수 없는 견고한 모습만을, 이 나라 세우고 우리 집 기둥을 세우는 건설의 아버지만을 보았다. 그 시대 이 나라를 지탱하고 일으키고 부의 반석 위에 앉힌 분들이 한둘 아니겠지만, 나는 아버지밖에 모른다.

아버지는 집안의 기둥도 굳건히 세우셨다. 남녘땅에 뿌리가 튼실한 집안, 굳이 '건설'이 필요하지 않은 다른 집안 자식들에게 뒤지지 않게 우리를 기르기 위해 한시도 쉴 틈이 없으셨다.

날이 밝으면 아버지는 위풍당당하게 출근을 하셨다. 바깥세상이 아무리 고단해도, 아는 사람 하나 없는 사회에 뿌리내리고 엉버티는 것이 외롭고 서러워도 출근하는 아버지는 언제나 가장의 품위를 잃지 않으셨다.

우리는 장군의 아이들처럼 군기가 꽉 잡혀 있었다. 현관에 사 남매가 나란히 서서 구령 맞추듯 인사했다.

"안녕히 다녀오십시오."

"이 녀석들, 강아지보다 낫구나."

무뚝뚝한 아버지의 힘찬 목소리.

아버지는 재미없게 아침이고 밤이고, 어제도 오늘도 그렇게 대답하셨고 그것이 우스워 우리가 깔깔거리고 웃었으므로 아버지는 다음날도 같은 대답을 준비하셨다.

안녕히 다녀오십시오

강아지

든든하잖니.

이것이 동물이든 식물이든 집 안팎을 가득 채우며 살아야 하는 이유였다. 아버지는 어디서든 강아지를 얻어 오셨다. 강아지뿐 아니라 닭이고 토끼고 다람쥐고 누구라도, 무엇이라도 곁에 두는 것을 좋아하셨다.

목욕이니, 예방 주사니 그런 수고로운 보살핌은 "제발 끌고 들어오지 좀 말아요"라고 간곡한 부탁을 일삼던 엄마와 강아지와 동급으로 취급되던 우리들의 몫이었다.

은행나무집 마당에는 내 몸집보다 큰 셰퍼드와 사냥개 포인터가 있었다. 아버지가 가장 '든든'하게 여겼던 이놈들을 먹이는 것이 일거리였다. 보리를 양동이 가득 삶아 먹였고 오빠와 교대로 신작로 끄트머리 중국집에 가서 음식 찌꺼기를 모아 오기도 했다.

자장면 한 그릇에 굶주려 있던 내가 이름도 알 수 없는 각종 중화요리의 혼합된 냄새를 맡으며 그놈들의 밥사발에 음식을 디밀어야 했다.

은행나무집에는 가끔 구수한 냄새가 진동했다. 밖에서 놀다가 구수한 냄새에 군침을 흘렸다.

"아! 이 냄새……."

실눈을 뜨고 냄새를 들이키며 집 안으로 뛰어들었을 때, 난로 위 찌그러진 개밥그릇에서 부글부글 끓고 있던 북어 대가리. 입맛 다시는 개들이 떠올라 나는 온몸의 기운이 주욱 빠졌다.

"어이, 강아지보다 낫구나."

"이 녀석, 강아지보다 못한 놈."

아버지는 우리가 하는 일을 정확하게 둘로 구분해서 평가하셨다. 아버지의 구두를 반짝반짝 닦아 놓으면 강아지보다 나은 놈이고, 아버지가 들어오실 때 인사를 신통치 않게 하면 강아지보다 못한 놈이었다. 내가 아무리 인사성 바른 아이였다 해도 죽을힘을 다해 꼬리 흔들던 고놈들보다 반갑게 인사할 수 있었을까.

요즘 아동 교육가들은 자기 아이를 다른 집 아이와 비교해서 야단치지 말라고 경고하는데, 다른 집 아이와 비교하지 않고 집 마당의 강아지와 비교했던 아버지의 교육 방식은 어떤 심각한 문제가 있었는지 그런 것도 가끔 궁금하다.

우리 식구들은 강아지들을 어여삐 보아주지 않다가 한 놈이라도 집을 나가든지, 아파서 죽으면 참으로 애통해했다. 특히 아버지는 며칠씩 슬픔을 삭이듯 안색이 안 좋으셨다. 여기저기 부탁해서 또 강아지를 얻어 오셨다. 지금도 누군가의 집 마당 강아지를 보면 외롭고 또 외로웠던 아버지를 생각한다.

외식

아버지, 엄마, 그리고 우리 사 남매가 한 밥상에서 밥을 먹고 살던 시절.

일요일이면 겉멋 들어 건들거리는 놈들은 머리를 짜내어 아이디어를 내놓곤 했다. 평창동 냉면을 먹으러 가자고 했고 물만두가 기가 막힌 집을 알았다고 흥분하기도 했다.

아버지는 반짝이는 아이디어를 다 듣지도 않고 버럭 소리를 치셨다. "시끄럽다." 단 한 마디였다. 기분이 좋으신 날에는 "쯧, 쯧, 쯧" 하셨다. 우리를 한심하게, 아니 불쌍하게 여기셨던 "쯧, 쯧, 쯧"도 결국은 시끄럽다는 뜻이다.

아버지가 한 끼니의 밥을 먹기 위해 좋은 옷으로 갈아입고 버스를 타고 나들이를 나가신다는 것은 그때나 지금이나 좀처럼 상상하기 힘들다. 아무리 기가 막힌 음식이라 해도 고작 한 끼니의 밥인 것이다.

설혹 외식을 한다 해도 여섯 식구는 택시를 탈 수가 없었다. 아마도 비싼 택시를 타지 않으려고 아이들을 넷이나 낳으신 지도 모른다.

허파에 바람이 들어가도 좋으니 기분내고 택시 타고 달려도 보고, 외식도 하고 싶었다. 그러나 온 가족의 오붓한 외식은 친지 결혼식의 피로연뿐이었다. 구구한 설명이 필요 없었다. 교통비 없애고 비싼 식당에서 먹는 허술한 음식은 잔칫날 기다려 먹던 엄마의 갈비찜만 못한 것이었다.

세상에는 음식이 맛깔스러운 식당이 많다. 나는 맛있는 음식을 아주 좋아한다. 누가 한마디만 하면 금방 군침이 돈다. 그리고 음식 맛을 실감 나게 자세히 이야기해주는 사람을 좋아한다. 좀 과장을 해도 좋다.

대학에 가고, 포크와 나이프가 가지런히 놓인 분위기 있는 레스토랑에 가게 되었을 때, 나는 낯설어서 많이 위축되었다. 옆 사람을 따라서 먹었다. 만일 아버지가 그 많은 포크와 나이프를 보셨다면 무어라고 하셨을까. 아버지는 위축이 되기는커녕 "시끄러운 음식이다"라고 당당하게 소리치셨을 것이다.

이 세상에 아버지를 당할 사람은 없다. 은 식기와 은 촛대로 치장한 이탈리안 레스토랑 사장이라도 어림없는 일이다. 아버지는 언제나 아버지식으로 산다.

내 딸, 내 예쁜 딸

꙳

1979년 이화여대 영문과에 입학했다. 아르바이트로 아이들을 가르치면서 새 학기를 시작했다. 대학은 학과마다 성격이 있는지 국문과나 사학과 학생들은 청바지를 즐겨 입었고, 영문과나 불문과에는 눈에 번쩍 띄도록 세련된 학생들이 많았다.

갈래머리 땋고 교복을 입을 때는 나와 비슷했던 학생들이 어떻게 갑자기 그리 멋져졌는지 정신을 차릴 수 없었다. 친구들을 보고 놀란 것은 모양이라고는 내본 적이 없는 엄마도 마찬가지였다.

자식만큼은 남부럽지 않게 키우겠다는 결의가 드높았던 엄마는 나를 데리고 충무로 뒷골목 간판도 없는 미용실을 찾아갔다. '세련된 최신 파마머리' 바로 엄마의 주문이었다.

미용사는 눈을 가늘게 뜨고 거울 속 긴 머리 풀어 헤친 나를 이쪽저쪽 한참을 살피더니 드디어 영감이 떠오른 듯 말했다.

"음, 클레오파트라 머리!"

클레오파트라라면 미의 세계에서는 양귀비와 쌍벽을 이루는 인물이다.

미용사 셋이 내 머리를 갈기갈기 나누어 땋기 시작했다. 어딘가 허술하고 썰렁한 미용실, 미용실이라기보다 차라리 머리 처치실에 가까웠던 그곳에 손님은 나뿐이었다.

기나긴 시간이 흘렀다. 창밖에는 어느새 불안한 어둠이 깔렸고 저녁도 먹지 못한 나는 자꾸 기운이 빠졌다.

성공작이라고 추켜세우는 미용사의 한 톤 높은 목소리를 뒤로하고 미용실을 빠져나왔다. 돌아오는 버스에서 깜깜한 차창에 머리를 이리저리 비추어 보았다.

부풀어 오를 대로 오른 머리. 여기저기 수소문하여 싸고

내 딸, 내 예쁜 딸

기술 좋은 미용실을 알아냈다고 의기양양했던 엄마의 얼굴
도 편치만은 않았다.

엄마가 알고 있는 싸고 기술 좋은 집들……. 미용실, 의
상실, 구둣가게는 대체로 어느 허름한 건물 지하실에 간판도
없이 은밀하게 있곤 했다. 이런 구석에 숨어 있어도 다 알아
냈다는 듯 엄마는 자랑스러워했다.

"일류인데, 장사하다 망했단다. 그래서 특별히 싸게 해준
대."

집에 들어서니 아버지가 오래 기다리신 듯 마루에 계셨
다. 나를 슬쩍 보시고 방에 들어가 벽을 보고 누우셨다.

다음 날, 나는 멋쟁이 학생들의 화젯거리가 되었다. 당시
윤시내가 이 머리를 하고 〈열애〉를 애가 끓게 불러 젖혔기 때
문에 나는 일명 '이대 윤시내'로 통하게 되었다. 내 머리를 따
라 하는 학생들까지 있었다.

아쉽다면 패션이 따라 주지 못했다. 그해 가을, 나는 평
범한 커트 머리 청바지 학생이 되었다. 미의 세계에 대한 도전

의식도 시들해졌다.

어느 날, 아버지가 술을 많이 드시고 기분 좋게 들어오셨다.

"애야, 종로 버스정류장에서 정말 예쁜 옷을 입은 아가씨를 봤어. 그 옷 어디서 샀소? 내게도 아가씨처럼 예쁜 딸이 있어요. 그랬지."

무뚝뚝한 아버지, 아무리 약주를 드셔도 용돈 한 번 건네주신 적 없는 아버지가 파란 만 원짜리 지폐를 여섯 장이나 내놓고 주무셨다. 나의 두 달 아르바이트 수입이었다.

백화점 어딘가에 있던 그 옷을 나는 구경하지 않았다. 아버지도 묻지 않으셨다. 나는 그 돈을 잘게 부수어 오랫동안 강냉이와 곰보빵을 사 먹었던 것 같다. 나는 아버지만큼도 멋을 몰랐다. 고운 옷 사 입고 아버지 사무실에 찾아가 저녁 사달라고 졸라볼 것을.

파리 다방

꘍

이화여대 정문을 들어서면 바로 이화교가 있다. 이 작은 돌다리 밑으로 청춘을 실은 교외선 열차가 달렸다. 열차가 지나갈 때 다리 위에 있으면 사랑이 이루어진다고 해서 멀리서 열차 소리를 듣고 달려가는 학생들도 있었다.

나도 몇 번이나 신나게 달려갔다. 저 멀리 열차가 보이면, 돌다리의 난간을 잡고 두 눈을 꼭 감았다. 곧 진동으로 온몸이 떨렸고, 휘몰아치는 바람에 가슴이 북받쳐 올랐다.

올 테면 오라, 나 내게로 오라.

사랑은 좀처럼 오지 않았다.

집채 같은 바람이 열차 꼬리에 매달려 유유히 사라진 후에, 헝클어진 머리를 쓸어내렸다. 봄날은 왜 그리 적막하고 슬로 모션으로 쓸쓸해 보였는지, 가슴은 왜 그리도 아렸는지, 마치 비련의 여주인공이라도 된 듯 와락 서글퍼지곤 했다.

학교 정문 바로 옆에 '파리 다방'이 있었다. 기찻길 옆 파리 다방은 세느강가의 오래된 카페같이 낭만이 있었고, 해남 다방이나 마산 다방같이 수수한 멋도 있었다.

3학년이 되어 이화문학회에 들어갔다. 문학회 친구들은 주로 파리 다방에서 모였다. 시詩 이야기를 하며 몇 시간이고 문학열로 흥분된 마음을 나누다 보면, 전등 불빛 아래 친구의 발간 두 볼이 고왔다.

나는 파리 다방 이층 창가 자리에 앉았다. 그 자리에서 한참씩 창밖을 내다보았다. 대학 정문에서 새로 튀긴 팝콘처럼 튕겨져 나오는 뽀얀 얼굴의 학생들.

그들은 무엇을 위해 싱싱한 젊음을 불사르는 것일까. 어디로 달려가고 있을까. 다른 사람들이 궁금했고, 나만이 이방인 같았고, 계속되는 데모와 휴교령 속에서 분명한 목소리를 찾고도 싶었다. 사실 파리 다방에서는 무엇이든지 외로움과 절망의 이유가 되어 주었다.

친구 정연이와 〈이화문학〉지 만드느라 고생을 많이 했다. 학보사 현상 문예에 당선되면서 정말 아름다운 시 쓰기를 꿈꾸었지만, 밤새 온갖 열정을 쏟아붓고도 훤한 대낮에는 차마 시 썼다고 말하지 못했다.

학교를 졸업하고 곧바로 결혼했다. 세 아이의 출산과 양육으로 십 년 세월이 훌쩍 지나갔다. 어느 날, 나는 파리 다방을 찾았다. 이층 창가 자리에 앉아 지난 세월을 한 페이지로 접고 예전 기분으로 돌아가려 했지만, 어느 시간, 어느 누구를 접어 둘 수 있을까.

파리 다방을 찾은 그날 뜻밖에 나의 시를 만났다. 창 옆에서 낯익은 액자를, 4학년 때 시화전에 출품했던 나의 시였다. 누가 여기에 걸어 놓았을까. 다방의 주인이 말했다. "어떤 남학생이 그 자리에서 한참씩 바라보다 가곤 했어요. 액자를 달라고 졸랐는데 주지 않았는걸요."

나의 어설픈 젊음을 읽고 또 읽고 노트에 적어 갔다는 남학생. 도대체 지난 십여 년 세월 중 언제 적 이야기란 말인가. 지난 세월 한 갈피에서 마른 꽃잎 하나가 나풀나풀 떨어져 내렸다.

며칠 전 친구가 말했다.

"파리 다방이 사라진다는 기사를 보았어."

오늘도 이화교 밑으로 청춘 실은 교외선 열차는 달리겠지만, 이제 파리 다방의 계단을 오를 수 없다. 1998

은행나무

신교동에 커다란 은행나무가 있다. 수백 년은 됐음 직한 나무의 밑동을 또래 아이와 마주 서서 두 팔을 벌려 꼭 끌어안으면 가슴이 참 따뜻했었다.

은행나무에서 골목이 세 갈래로 갈라졌다. 세 골목 아이들이 은행나무 밑에서 놀았다. 뽑기 장수, 엿장수, 뻥튀기 아저씨도 모여들었다. 은행이 촘촘히 달리면 아이들이 몰려들어 한바탕 축제인 양 떠들었다. 운동화가 높이 던져졌고, 후두두 떨어지는 황금빛 은행을 양동이 가득 주위 담았다.

진한 은행 냄새, 지독하다고 코를 움켜쥐고 뱅글뱅글 돌았다. 오빠와 나는 은행의 옴이 옮아 머리와 무릎의 부스럼으로 고생을 하면서도 또 은행을 주웠다. 윤기를 잃은 늙은 나무가 새순처럼 피어나던 우리에게 준 참 귀한 선물이었다.

수북이 쌓인 은행잎을 운동화 코로 거슬러 올리며 걸었
다. 부석하게 말라 빛을 잃은 은행잎 사이에 만지면 묻어날
듯 샛노란, 촉촉하고 부드러운 잎을 골라 손가락마다 끼고 다
녔다. 은행잎을 머리 위로 높이 던져 올리면 노랑 잎이 눈발
처럼 날렸다. 나무 밑동에 쌓인 은행잎은 무릎이 빠질 정도
로 푹신해서 서로 실신하듯 그 위에 쓰러졌다.

은행나무 앞 양옥집에는 당시 인기를 끌던 남자 영화배
우가 살았다. 달빛 청정한 밤이면, 그는 은행나무 주위를 맴
돌며 대사를 외웠다. 고개를 젖혀 달빛 밝은 밤하늘을 바라
보고 깊은 한숨을 내쉬는가 하면 절망스럽게 고개를 떨궜다.
심부름하러 다녀오다가 남자의 우수 어린 몸짓을 숨어서 보
곤 했다. 가슴이 아팠다. 달빛도 구슬프고, 하나, 둘 떨어지는
은행잎에 눈물이 날 것 같았다.

그 영화배우 때문인지 은행나무 밑에서는 영화 촬영이 자주 있었다. 아이들이 몰려들어 까치발 딛고 구경을 했다. 가운데 골목의 휘어져 돌아간 돌담길이 슬픈 영화의 이별 장면에 여러 번 나왔다. 머리에 스카프를 곱게 쓴 여배우가 억센 비를 맞으며 흐느껴 울었다. 몇 번씩 같은 장면을 되풀이해서 찍느라고 골목이 온통 물바다가 되었다.

빗줄기 맞으며 같은 장면을 몇 번이고 다시 찍던 그 옛날 슬픈 영화의 여주인공이 부러울 때가 있다. 그는 수없이 반복하여 감동적인 한 장면을 얻었다. 인생은 한 편의 영화라고 하지만, 실은 그만 못하다. 마음먹고 열연할 기회도 없이 '이 순간'은 속절없게 지나가 다시는 돌아오지 않는다.

너그럽게 추억만이 영화처럼 남는다.

세월

스물넷의 봄, 교회 앞뜰에 벚꽃 곱게 날리던 날 결혼을 했다. 왜 그렇게 일찍 결혼했느냐고 누군가 묻는다.

아버지는 '권위'와 '억지'라는 달갑지 않은 단어를 달고 다니셨다. 한평생 숨죽이고 살았던 엄마도, 성인이 된 자식들도 불만을 늘어놓았고 온 집안은 불만으로 질퍽거렸다. 세월이 가면서 우리가 변했다.

다 함께 허리띠를 졸라매던 시절에는 숨을 죽이고 살아도 갑갑한 줄을 몰랐었는데, 아버지가 땀 흘려 지어놓은 창이 큰 집에 들어앉은 후, 우리는 창밖을 내다보며 푸념을 일삼았다.

왜 허리띠 졸라매고 허파에 바람이 들지 않아야만 '인간'

인 것이냐고, 왜 일방적인 호통과 명령뿐이냐고. 텔레비전 연속극을 열심히 보지 않았더라면 애정 어린 설득을 하고, 자상한 대화를 나누는 가정을 상상도 하지 못 할 뻔했다.

아버지는 한평생 슬픔을 억누르고 외롭게 살아오셨다. 즐기는 삶이 아니고 견디어 내는 삶인 줄 누구나 알았기에 아버지에게 무슨 변화를 요구하기는 어려웠다. 그 당시 한 남자가 마음속에 들어와 그와의 새로운 세상을 꿈꾸게 하는 것이 뭐 그리 어렵지 않았던 것 같다.

그와 창밖으로 훨훨 날아가기로 했다. 외로움과 울분과 소주의 세상 말고 아기자기한 이야기들이 넘쳐나는 드라마 속 예쁜 세상으로.

참으로 이상한 것은 아버지를 떠나고 한 해 두 해 지나면서 그제야 내 안에 아버지가 차지하는 자리를 보게 된 것이다. 지나간 삶은 아버지와 얽힌 기억투성이었다. 아버지의 소망과 아버지의 슬픔이 그대로 나의 기쁨이고 슬픔이었음을 알았다.

이제 나이 드신 아버지는 많이 변하셨냐고 누군가 물을 것이다. 세월이 많이도 흘렀으니까. 세월은 많이 흘렀지만, 아버지는 변하지 않으셨다. 세월도 아버지에게는 꼼짝 못한다. 아버지가 그리워하는 사람도, 가고 싶은 고향 마을도 오십 년 전 그대로이다. 여전히 버럭 소리치고 쯧쯧쯧 혀를 차신다.

정말 어쩔 수가 없는 일이다. 세월은 나를 변하게 했다. 아버지의 호통 소리가 나에게 힘이 되고 따뜻한 위로가 된다는 것을 알게 되었다.

나는 예전에도 아버지를 사랑했었다. 아버지를 더욱 외롭게 했던 그 보잘것없는 애정을 사랑이라 불러도 된다면. 세월은 그 사랑을 '아버지식'을 순수하게 받아들이는 사랑으로 키워주었다.

세상 모든 부모가 자식을 가슴에 품고 있듯이 자식도 마찬가지가 아닐까 생각한다. 나는 때로 내가 무엇을 품고 있는지도 모르고 살아간다.

세월

친정

첫 새벽하늘을 솟아오르는 새처럼 가벼웠던, 셸리가 노래한 〈서풍West Wind〉같이 길들여지지 않고, 민첩하고, 자존심이 드높았던 나. 그 시절 나를 품어주었던 둥지를 이제는 친정이라 부른다.

신혼에 친정에 가면 결혼이 내 작은 날개 위에 얹어놓은 짐을 살짝 내려놓았다. 그리고는 가볍게 날갯짓도 해보고 내가 내려놓은 짐을 가만히 들여다보기도 했다. "과연 이것이 무엇일까?"

이제 아이 셋 앞세우고 찾아드는 친정에는 그런 여유가 없다. 철쭉이 곱게 핀 마당에 들어서면 아이들은 외할머니, 할아버지를 끌어안고 나서 곧바로 진돗개에게 뛰어간다. 진돗

개들이 신나서 컹컹 짖고, 아이들은 깔깔 웃고 고함친다.

　오빠도, 동생들도 아이들을 몰고 온다. 조용하던 집 안 구석구석 아이들이 흩어진다. 텔레비전을 켜는 아이, 냉장고 여는 아이, 레고를 쏟아 놓는 아이……

　나는 엄마와 음식을 만든다. 어른과 아이들 모두 한 상에 둘러앉아 함께 먹는다. 함께 먹는다는 것은 우리에게 큰 기쁨이다. 함께 먹고 싶어 나는 친정에 간다. 함께 먹기 위해서 아버지는 여러 날을 기다리셨고, 함께 먹는 것이 좋아서 아버지는 또 소주 한 잔을 곁들이신다. 많이 많이 먹는다.

　먹고 난 그릇을 닦는다. 이야기를 나누며 천천히 닦는다. 수돗물 소리, 그릇 부딪치는 소리에 엄마도, 동생도 목소리를 높인다. 그러면 어떤 이야기라도 아주 재미있는 이야기처럼 들린다.

　어릴 적 내가 주물러 드리던 아버지 다리를 아이들이 주무른다. 나는 오래오래 주물러 드렸었는데 손주들은 잠깐 주무르고 딴 데 정신을 판다. 아버지는 소리를 지르지 않으신다.

밖에 어둠이 깔리고 안방 창에 전신주 그림자 어른거리면 아이들이 벗어놓은 양말을 찾고, 옷장 밑에서 우유병을 찾아내고, 흩어진 로봇 부품을 챙긴다.

엄마는 그날 저녁 내가 맛있게 먹은 깻잎장아찌를 꽁꽁 싸서 가방에 넣어주시고, 동생네가 좋아하는 떡을 싸주시고, 미리 정성껏 만들어 냉동시킨 김치만두를 싸주신다.

"집에 가자마자 냉동실에 넣어라. 제발 잊어버리지 말고."

집으로 돌아오는 길.

나는 피곤하고 빨리 집에 가야 편안할 것 같다. 프로스트의 시구를 빌리면 이제 친정은 '가는 것도 좋고 돌아오는 것도 좋은 곳'이 되었다.

우리가 떠나고 난 친정집. 손주들이 어질러 놓은 물건을 제자리에 놓고 걸레를 훔치고 이부자리를 펴면 엄마는 그제야 편안하실 것이다. 말을 바꾸어 "오는 것도 좋고 돌아가는 것도 좋습니다"라고 하면 엄마는 "맞아, 맞아" 하실 것이다.

세월은 참 이상도 하다.

친정 가는 길

자하문 고개 넘어 깃발 힘차게 휘날리는 동사무소를 지나면 친정집이 있다. 나는 친정집 열쇠를 가지고 다닌다. 몇해 전, 아버지가 지나다가 아무 때나 들르라며 나누어주셨다.

그러나 아무 때나 간 적은 없고 꼭 가겠다고 약속한 날을 몇 주씩 미루고 못 간 적은 있다. 친정집은 열쇠가 있어도 아무 때나 자기 집처럼 갈 수 있는 곳은 아니다.

나는 친정집 떠나 시집갈 때 야물게 쥐고 나온 것이 있다. 지칠 것 같지 않던 정열과 당돌했던 스물넷의 자신감, 그리고 막연한 미래에 대한 기대이다.

그것들은 출산과 양육 그리고 남편과 소소한 갈등 속에서 서서히 소모되어 갔다. 조금씩 손가락 사이로 빠져나갔고

움켜쥔 손을 펴보면 거기에는 다른 세상이 놓여 있었다.

예전에 세상은 도전과 공상의 대상이었지만, 이제는 그 안에서 발돋움하느라 숨이 차다.

나는 요즘 병아리 몰고 다니는 어미 닭처럼 아이들 셋 앞세우고 친정에 간다.

친정집 골목에 들어서면, 결혼식장까지 와서 축하해주셨던 가게 아줌마도 만나고, 앞집 아줌마도 만난다.

"시집가서 어찌 지내?"

세 아이 죽 세워 인사를 시킨다.

"잘도 낳아 놓았네! 애들 엄마 예전에 고왔지."

그 좁은 골목으로 군인 가득 실은 트럭이 먼지 풀풀 날리면서 올라갔었다. 숙녀티가 나기 시작한 나를 놀리느라 "영자 씨!" "미자 씨!" 총각들의 고함이 요란했었다.

친정이 서울이니 아무 때라도 갈 수 있지만, 왕대밭의 새순같이 쑥쑥 자라는 아이들 앞세우지 않고 혼자 놀러 가기는 쉽지 않았다. 병아리들 햇볕 쪼이고, 모이 나누어 주고 멀리 가지 못하도록 지켜보는 것이 그동안 나의 일이었고, 친정에 앉아 있다 해도 예전의 한가로운 기분이 되살아나지 않았다.

몸은 친정에 있어도 나는 이미 멀리 떠나 왔다.

부모님 하셨던 대로 내 안에 품은 믿음과 사랑을 아이들에게 나누어 주느라 친정 갈 새 없이 바쁘다.

아버지는 요즘 나를 보실 때마다 얼굴이 안되었다고 하신다. 친정 갈 때는 화장도 안 하고 편한 옷을 입고 가서 그런지 딸내미 나이 먹는 것은 잊으신 채 자꾸 얼굴이 안되었다고만 하신다. 일흔이 되신 아버지야말로 기력이 예전 같지 않으시고 오랜 감기로 고생하시면서 자꾸 나보고만 안 되었다는 것이다.

"어째 네 얼굴이 영 안됐다."

아버지는 살구씨 기름을 한 병 쥐어주셨다. 살구씨 기름 부지런히 바르고 내 얼굴이 다시 살구꽃처럼 피어나라고.

친정집을 뒤로하고 살구씨 기름병을 손에 꼭 쥔 채 자하문 고개를 굽이굽이 돌아 내려온다. 잠수교 밑으로 불빛 어른대는 강물이 흐른다. 나비처럼 팔랑거리며 친정을 떠났던 나도 어딘가로 흘러 흘러간다. 1999

◆ 이 글을 쓰고 8년 후, 사랑하는 아버지는 하늘나라로 가셨다.

아름다운 당신에게

1판 1쇄 인쇄 2021년 8월 10일
1판 1쇄 발행 2021년 8월 22일

지은이 김수현
펴낸이 김성구

주간 이동은
책임편집 이슬
콘텐츠본부 고혁 현미나 송은하 김초록 이영민
제작 신태섭
마케팅본부 최윤호 송영우 엄성윤 윤다영

펴낸곳 (주)샘터사
등록 2001년 10월 15일 제1 – 2923호
주소 서울시 종로구 창경궁로35길 26 2층 (03076)
전화 02-763-8965(콘텐츠본부) 02-763-8966(마케팅본부)
팩스 02-3672-1873 | 이메일 book@isamtoh.com | 홈페이지 www.isamtoh.com

ISBN 978-89-464-2186-8 03810

- 값은 뒤표지에 있습니다.
- 잘못 만들어진 책은 구입처에서 교환해드립니다.

샘터 1% 나눔실천
샘터는 모든 책 인세의 1%를 '샘물통장' 기금으로 조성하여
매년 소외된 이웃에게 기부하고 있습니다. 2020년까지 약 9,000만 원을 기부하였으며,
앞으로도 샘터는 책을 통해 1% 나눔실천을 계속할 것입니다